KB059872

당신 곁의 파피용

애니멀 SF 앤솔러지

애니멀 SF 앤솔러지

non—
human

당신
곁의

파피용

animals
sf

듀나 박문영 박해울
이신주 전삼혜

요다

누나와 보낸 여름

박문영

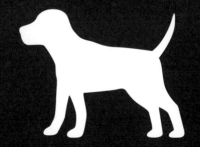

○
○
●

쓰레기봉투를 아무리 꽉 묶어 둬도 뒷마당엔 파리가 들끓었다. 울타리 밑엔 어제 치운 구더기 떼가 또 있었다. 벌레들이 붕붕거리는 소리에 귀가 욱신거렸다. 나는 허리를 펴고 구더기들 뒤로 펼쳐진 깨밭을 바라보았다. 연한 깻잎, 축 처진 흰 꽃들이 가만가만 흔들렸다. 나른한 풍경에 속이 울렁거렸다.

미풍이 불면 몸에 잔열이 돈다. 혈관을 좁히고 피를 끈끈하게 하는 열기. 이런 기류엔 안 좋은 것과 더 안 좋은 것이 분별없이 섞인다. 그러니 몸통이 휘청이더라도 센 바람이 나았다. 더러운 것들이 엎치락뒤치락 자리만

바꾸는 대신 뿔뿔이 흩어지는 편이.

나는 정자로 가 땀을 닦아냈다. 수건에선 쉰내가 났다. 오래전 여름 오후엔 여기서 혼자 곯은 참외나 멍든 복숭아를 먹었다. 맞은편, 곧 들어가야 할 집을 쳐다보면서. 먹고 자는 곳이 집이라면 ○. 쉬는 곳이 집이라면 ✕. 식구가 있는 곳이 집이라면 ○. 가족이 있는 곳이 집이라면 ✕. 이 마을에서 굳건한 건 저 집, 큰엄마의 식당 왕가 하나였다.

나는 큰 엄마를 왕, 그의 두 아들인 사촌 형제를 한 개와 두 개로 불렀다. 먼저 태어난 쪽이 한 개, 늦게 태어난 쪽이 두 개였다. 입 밖으로 그 이름을 꺼낸 적은 없었다. 왕가에 온 열 살부터 7년이 지난 지금까지 단어와 문장도 내뱉지 않았다. 말이란 건 배운 적 없다는 듯, 아예 꺼내지 않아야 했다. 사람들로부터 나를 구할 방법은 세 가지 뿐이었다. 침묵, 인내 그리고 악취.

왕의 식당은 기이했다. 동화 속 궁전 모양을 흉내 낸 상아색 건물은 멀리서만 웅장해 보였고, 가까이에선 볼품 없었다. 건물 뒤편에 쌓인 캠핑용 그릴과 화로의 녹물은 잘 지워지지 않았다. 쇳가루와 기름때에서 피어난 곰팡이는 크고 작은 시련에도 꾸준히 자신들만의 일가를 꾸려나갔다. 왕가는 숙박 시설과 카페로 쓰였다가 지금은 식당으로 쓰이는 중이었다. 흙과 볏짚과 나무로 지었다는 건물은 마을에서 가장 우람했다. 왕은 입버릇처럼 말했다.

"세상이 망해도 여긴 멀쩡해."

왕가의 메뉴는 거창했다. 어죽, 꿩만두, 버섯전골, 낙지볶음, 능이백숙, 해물보쌈, 명태회냉면. 하지만 이제 왕이 실제로 하는 요리는 조촐한 가정식 백반 정도였고 값비싼 채소가 들어가는 음식은 없다시피 했다. 대여섯 종의 과일을 넣어 달이던 간장도 만들지 않게 된 지 오래였다. 이곳의 땅과 나무도 늙고 지쳤기 때문이다. 예전엔 쌀 말고도 여러 곡물이 있었다고 한다. 조, 콩, 팥, 율무, 귀리, 수수. 나는 한 번도 보지 못한 풀과 열매의 모습을 머릿속으로 종종 그려 봤다. 작물들의 이름을 소리 없이 불러 보기도 했다. 마지막에 입이 벌어지는 건 큰 알, 입이 오므려지는 건 작은 알일까. 호칭과 형태가 어쩐지 어울릴 것 같았다.

주민들은 왕가에 자주 드나들었다. 식사를 마치면 일어서지 않고 낮잠을 자거나 한담을 나눴다. 하는 소리는 비슷했다. 낡은 창틀이 너무 흔들린다고, 차양 천막이 뿌리 뽑힐 것 같다고, 안방까지 모래가 들어와 골치가 아프다고, 밤에 개들까지 짖으면 흉몽에 시달린다고. 다들 집에 가는 일이 지독하게 싫은 듯했다. 내가 왕가에 들어가기 싫은 것처럼.

정자에서 일어나자 몸을 더 단단히 엮어 가는 모래바람이 보였다. 실눈을 뜨니 노을과 섞인 바람기둥이 막 죽은 고라니 창자처럼 보였다. 나는 손바닥을 펼쳐 하나씩 접어 나갔다. 오늘 바람은 네 번째 손가락 크기였다. 회오리들은 하늘에서 땅을 향해 내려온 손가락 같았다. 왕이 가루약을 개듯, 컵 안을 마구 휘젓는 손길. 뿌옇게 섞여 곤죽이 되는 아래와 위, 위와 아래.

멀리 무딘 음악 소리가 들렸다. 해 질 녘이 되자 광장에서 들려오는 노래였다. 사람들은 무슨 일이 있어도 축제를 열었다. 마을은 한때 여름철 관광지로 유명했지만, 여름이 한정 없이 길어지면서 행락객의 발길이 끊긴 지 오래였다. 마을과 접한 인근 지역엔 수시로 폭풍과 폭우가 들이닥쳤다. 끊긴 도로와 다리의 보수는 차일피일 미뤄지기 일쑤였다. 그래도 축제 철엔 현수막이 나부끼고 조명이 늘어났다. 어쨌든 요란하게 굴어야 누군가 온다고 믿는 건가. 확성기로 증폭되는 소음에 개들이 우짖기 시작했다. 괜찮아. 이 진동은 인간들이 만들어 내는 쓸데없는 소리야. 놀란 짐승들에게 이런 말을 전해 줄 순 없었다.

　　　　　　　　　누나와 보낸 여름

나는 내 키와 엇비슷한 깨 줄기 앞에 다가갔다. 그리고 눈앞의 씨방 하나를 노려봤다. 깨의 씨방이 터지면 거기서 처음 보는 생명체들이 입을 벌릴 것이다. 그들은 조그맣고 뾰족한 이빨을 드러낸 뒤 단박에 내 입술을 물어뜯을 것이다. 혀가 사라지면 내 몸을 타 넘고 마을 한복판으로 기어갈 것이다. 숨이 멎을 때 내가 알 수 있는 건 숨이 멎고 있다는 사실 하나 아닐까. 개들이 인간의 세계를 이해할 수 없듯 나 역시 낯선 생명체들의 세계를 이해할 수 없다. 그들이 깨에서 왔든, 배관 파이프에서 왔든, 빙하 동토층에서 왔든.

"들어 와. 바람이 안 그칠 것 같다."

망상을 깨트린 건 두 개였다. 왕가 문을 살짝 연 그가 연신 들어오라는 손짓을 했다.

"또 놀다 온 거지?"

한 개는 내가 밖에서 식당 주변을 치우고 깨밭을 매고 온 걸 알면서도 그렇게 물었다.

"왜 그래. 얘 땀난 거 안 보여?"

두 개가 내게 물컵을 내밀었다. 왕과 왕 옆의 이웃 여자는 튀밥을 입에 털어 넣고 있었다. 이웃 여자가 나를 아래위로 훑어봤다. 나는 물을 마시다 말고 소쿠리와 신문지를 쳐다봤다. 곧장 파를 다듬어야 했다. 서두르면 십여 분 안에 끝낼 수 있었다. 두 개가 칼을 하나 더 들고 오자 왕의 이마에 주름이 잔뜩 생겼다. 도와주지 말라는 뜻이었다.

이웃 여자는 나와 눈이 마주치자 입가로 가져가던 튀밥 몇 알을 떨어트렸다. 여자가 나를 주시하는 이유야 알고 있었다. 한 달 전 여자의 집 창문을 열고 한 남자가 담배를 태웠다. 목 밑으로 걸친 옷이 없었다. 잠시 후 나를 발견한 여자는 창문을 급히 닫았다. 남편이 아니거나 기거나 알 바 아니었는데도. 내가 상관할 건 그날 이후 벌어진 일이었다.

"안 떨어져? 추접스럽게 여기서 뭐 하는 짓이야?"

여자는 집 앞 도롯가에서 교미하는 개들에게 소리를 질렀다. 여자의 발치 앞 양동이엔 구정물이 가득했다. 양동이를 안아 든 여자가 나를 쏘아봤다. 내가 고개를 두 번 가로젓자 여자는 개들 대신 길가에 물을 쏟았다. 그러고는 빈 양동이를 발로 걷어찼다. 개들은 굉음이 들리자마자 도로를 내달렸다. 여자는 내가 말하지 못하는 아이라는 사실에 안도하려고 했다. 내게 눈과 손발과 뇌가 있다는 것까지 생각하진 않았다.

왕이 튀밥 봉지 입구를 고무줄로 칭칭 묶었다. 입가를 털며 창밖을 보는 왕을 따라 여자도 창 쪽으로 몸을 틀었다.

"언니, 오늘은 바람이 더 세네."

"어쩔 건데. 여긴 재해가 없어. 이 마을은 산에 폭 안겨 있잖아. 산이 우리를 지키고 있는 거야."

왕의 말에 여자가 고개를 끄덕였다.

"그럼. 저기가 얼마나 멀어? 여기랑 수십 킬로미터는 떨어진 데야."

"걱정할 게 없지. 뭔 일 나면 여기로 대피하면 돼."

왕과 여자의 말을 듣던 한 개가 나를 가리켰다.

"마을엔 아무 일도 안 일어나요. 하다못해 쟤도 살아남았는데."

나는 칼을 쥐고 일어나 개수대로 갔다. 파는 전부 다듬은 뒤였다. 3층으로 올라가야 했다. 그래야 헛소리도 간섭도 끝이 난다.

복도에서부터 방문을 긁는 소리가 났다. 문을 열자 누나가 나를 올려다봤다. 나는 무릎을 꿇고 누나의 등을 쓰다듬었다. 개는 자신의 이름이 누나라는 것도, 자신에게 이름이 붙여질 수 있다는 사실도 영영 모를 것이다. 들어본 적 없는 이름에 무슨 반응을 할 수 있을까.

"무슨 놈의 개가 짖지도 않고 밥을 축내."

사료는 왕가에 나를 맡긴 아버지가 준 돈으로 사고 있었다. 아버지는 7년 동안 왕가에 네 번 왔고 그때마다 내게 따로 돈을 줬다. 성년이 되면 자신 일터 근처에 집을 구해 주겠다고도 했다. 하지만 일터가 어디인지는 알려 주지 않았다. 그는 내게 책을 읽으라고, 운전과 외국어를 익히라고 당부했다. 나를 데리러 오겠다는 사람이 왜 여기서 나갈 방법을 가르쳐 주는 건지 알 수 없었다.

허깨비 같은 말과 달리 돈은 확실했다. 왕이 주는 일년 치 급여보다 큰돈은 방에 잘 숨겨야 했다. 아버지에게서 매달 양육비를 받는 왕은 늘 볼멘소리를 냈고 왕이 한마디를 하면 한 개가 그 말을 여러 마디로 늘렸다.

"맞아, 엄마. 개가 쟤처럼 징그럽다니까. 가만 보면 소름 끼쳐."

왕과 한 개는 누나를 밖에 매어 두라고 했지만 나는 그 말을 못 알아듣는 척했다. 누나가 식당 입구 기둥에 묶여 있으면 나는 목줄을 풀어 방에 데려왔다. 내놓고 들이고 내놓고 들이는 일이 몇 번이나 되풀이되었다. 왕이 등을 때리면 등을 맞고, 한 개가 머리를 때리면 머리를 맞았다. 개가 아직 어리니 내 뜻대로 내버려 두라고 한 건 두 개였다.

"하긴 개가 편하게 커야 잡기도 쉽지. 육질도 더 좋아질 거고."

한 개가 그렇게 답한 뒤로 누나는 내 방에 머물 수 있었다.

누나는 숲에서 태어난 개였다. 한 개와 두 개 형제는 한 달 전 산불진압대원이 구조한 개를 왕가에 데리고 왔다. 개 세 마리는 산불이 지나간 숲, 타다 만 잣나무 둥치 아래 몸을 웅크리고 있었다고 했다. 불은 한 시간도 안 돼 잡혔다. 하지만 불이 순순히 사그라든 건 아니었다. 어미와 새끼 둘. 그중에서 살아남은 개는 둥치 가장 깊숙이 몸을 숨긴 누나 한 마리였다. 누나는 불을 피하지도, 목줄을 끊지도 못한 개가 사력을 다해 낳은 새끼였다.

"개랑 너랑 꼴이 똑같아서 챙기는 거지? 작은 엄마도 쌍둥이를 낳다 잘못됐다고 하니까. 너희 누나는 죽고 너는 살았잖아."

한 개는 작명에 도움을 줬다. 그 말을 듣는 순간 마음

속으로 개를 누나라고 부르게 됐으니까. 누나는 나를 향해 꼬리를 흔들거나 배를 보여 준 적이 없지만, 모든 기억을 지운 유순한 눈동자를 갖고 있었다. 우주처럼 꽉 차고 텅 빈 두 눈. 나는 내 손목에 턱을 괸 누나의 머리통을 만지며 눈을 감았다. 누나가 오기 전까지는 왕가에서 도망칠 궁리만 했다. 이제는 누나와 함께 도망칠 궁리를 해야 했다. 한 번에 멀리 가려면 돈과 체력을 더 모으는 방법밖에 없었다.

새벽바람은 저녁보다 더 강했다. 나는 누나가 깨지 않도록 창가로 조심히 기어갔다. 사중창 바깥 창틀에 누런 먼지가 빼곡했다. 창틀 가장자리엔 깨꽃 한 송이가 날려 와 있었다. 가까이 들여다보니 꽃이 아니라 나방, 화랑곡나방 한 마리였다. 바람이 불자 양 날개가 파르르 떨렸다. 나는 나방이 살아 있지 않다는 걸 늦게 알아챘다. 바람이 죽은 나방을 산 나방처럼 보이게 한 것이다. 왕가에 온 날부터 나도 이렇게 바람에 떠밀려 움직였을 뿐일까.

오토바이를 몰 수 있게 되었을 때 나는 마을을 바로 떠날 수 있을 줄 알았다. 밤이든 낮이든 마음만 먹으면, 결심만 내리면. 하지만 안장에 올라 양 손잡이를 쥔 다음부터 발을 뗄 수 없었다. 나는 제자리에 우두커니 앉아 있었

누나와 보낸 여름

다. 오토바이에서 내리자 먹구름이 걷히고 해가 떠오르기 시작했다.

비가 와서 출발하지 못한 건 아니었다. 도로에서 죽은 고라니를 만나게 될까 봐, 마을 사람들에게 붙잡혀 왕가로 되돌아오게 될까 봐 주저했던 것도 아니었다. 나는 시동 소리가 날까 봐 겁이 났다. 바퀴가 정말 구를까 봐 무서웠다. 오토바이가 나를 이곳에서 꺼내 줄 수 있을지, 멀리 데려가 줄 수 있을지 믿을 수 없었다. 이 마을에서 나를 일거수일투족 감시하는 건 다른 누구도 아닌 나 자신이었다.

나는 나방에게서 시선을 떼고 밖을 내려봤다. 폭풍을 두려워하는 사람들이 하나둘 떠난 마을은 나날이 흉흉해졌다. 내륙으로 파고들수록 바람을 덜 만날까. 여기 있다 보면 다른 마을 사람들처럼 어느 날 허공을 떠돌다 죽게 될까.

마을에서 달아난 이들이 더 안전한 곳을 찾았을지는 모를 일이었다. 하지만 주민들은 자신들이 여기 남겨졌다는 사실을 자주 곱씹었고 그때마다 그 사실을 받아들이지 않기 위해 시끄러워졌다. 몇몇이 빈집에 들어가 배변을 하고 세간을 훔치고 담벼락을 부수었다. 이틀 전 아무도 없는 집에서 옷가지를 챙겨 나오던 이웃의 모습은 사람이 아니라 메뚜기처럼 보였다. 나는 그가 모자로 얼굴을 가리고 있던 게 다행이라고 생각했다. 인간이 아니라 메뚜기가 옷을 입었다고 여기는 편이 더 나았다.

　빈집이 늘어날수록 주민들은 건강식품을 더 챙겨 먹었다. 과자와 라면 같은 유탕처리제품은 왕가의 지하 창고로 들어갔다. 녹용, 장어, 문어, 홍삼, 더덕. 주민들은 어디서 구했는지 알 길 없는 식자재를 들고 왕가에 찾아 왔다. 왕은 그들이 내민 재료로 요리를 만들었다. 들깨와 깻잎과 산초가루가 잔뜩 들어간 음식에서는 죄다 비슷한 맛이 났다.

　"오늘은 깨 한 알 없는 갈비찜이야. 네 거 덜어 왔어."

　두 개가 3층 방문을 열고 말했다. 나는 갈비를 씹다 손에 뱉었다. 힘줄이 너무 질기고 간이 맞지 않았다. 누나가 곁에 다가오자 나는 고기를 내밀었다. 누나는 코를 벌름거릴 뿐 고기 조각을 삼키지 않았다. 두 개가 내 손목을 잡았다.

　"우리 더 맛있는 거 먹으러 갈래?"

　나는 두 개를 따라 지하 창고에 들어섰다. 그는 여길

자주 드나든 듯, 동선에 거침이 없었다. 두 개가 라면 봉지를 뜯었다. 그와 나는 창고 계단에 걸터앉아 생라면 가닥을 부러뜨려 먹었다. 딱딱한 밀이 오도독오도독 부러지는 소리가 나쁘지 않았다. 두 개는 재앙을 막는답시고 몸보신에 집착하는 주민들과 어울리는 것보다 나와 있는 게 훨씬 편하다고 했다.

"지겨워. 바람 때문에, 비 때문에, 균 때문에, 쓰레기 때문에. 맨날 뭐 때문이래. 세상을 다 남들이 망쳤대."

그는 사람들 때문에 불만이 많았다. 두 개가 나와 있는 게 편하다고 한 이유는 내가 말대꾸를 하지 않기 때문이었다.

"건강식품을 먹으면 뭐해? 우리 집 빼고 양귀비 안 기르는 집이 없는데. 다들 단속 같은 건 없을 거라더라. 아무도 신경 안 쓰니까 괜찮을 거래."

왕의 말대로 세상이 망해도 멀쩡한 곳이 있을까. 내 생각에 그런 곳은 없었다. 잇몸이 병들면 이가 빠지듯, 모여 지내는 모든 건 서로에게 여파를 끼친다. 떨어져 나온 치아가 아무리 튼튼해도 무슨 소용인가.

"양귀비 진액을 마시면 아픈 데가 없어진대요. 아니지. 죽어야 아픈 데가 없어지지."

나는 두 개의 말을 듣는 동안 가만히 내 손바닥을 내려봤다. 손금에 라면 부스러기가 너무 많이 붙어 있었다. 두 개가 창고 바닥에 침을 뱉고 물었다.

"넌 스무 살 되면 정말 작은 아빠랑 사는 거야?"

사람들은 입을 한번 열면 닫을 줄을 몰랐다. 그리고 말을 이어갈수록 자신이 말을 잘한다고 여겼다. 단지 막지 않은 것뿐인데. 끼어들기 귀찮아서, 상대의 기분을 잡치기 싫어서, 이야기가 더 길어질 것 같아서. 그게 어떤 이유든.

아버지가 왕가에 두 번째 들른 날, 왕은 그에게 아들이 말을 왜 못하냐고 물었다.

"저런 애를 거두는 게 보통 일이에요?"

"면목이 없습니다."

"일터가 자주 바뀌어도 그렇지, 애를 못 달고 다닐 정도냐고요."

"죄송합니다. 양육비는 매달 더 늘려드릴게요."

"아유, 정말. 내가 골이 다 흔들린다니까. 그래도 사정이 딱하니까 뭐. 여기서 일도 배우고 돈도 벌어야 애가 찬찬히 사람 구실을 하겠죠."

아버지가 고개를 떨궈도 내 입술은 떨어지지 않았다.

입을 벌리면 울게 될 것 같았다. 나는 말, 사람, 말하는 사람을 견딜 수 없었다. 아버지는 왕에게 사과하지 않아야 했다. 그냥 나를 데리고 다시 떠나야 했다.

나는 두 개가 뱉은 침을 지켜봤다. 거품이 하나둘 가라앉고 있었다. 해가 들지 않는 창고에서 타액이 전부 증발하려면 얼마만큼의 시간이 걸릴까. 증발하고 남은 침 자국은 언제쯤 다 사라질까.

"네가 우리 식구들 한심해하는 거 잘 알아. 떠나고 싶겠지. 나도 진절머리 나는데 뭐."

두 개가 라면 봉지를 차곡차곡 접으며 말했다. 단단해진 비닐 뭉치는 날 선 표창처럼 보였다.

"너 근데 근육 더 붙었다."

너희가 할 일을 내가 다 하니까. 나는 마음속으로 대꾸했다.

"진짜 단단해 보이는데?"

두 개가 불쑥 내 팔을 주물렀다. 나는 몸을 빼고 계단에서 일어났다.

"야, 이제 보니까 네가 형 같아. 그냥 우리끼리 형제로 지낼래?"

두 개의 물음에 고개를 움직일 수 없었다. 동의도 부

정도 하기 싫었다. 왕을 엄마로, 한 개를 형으로 부르는 사람과 가까워질 수 있을까. 나는 주머니 속 생강엿을 꺼내 그에게 내밀었다. 네가 좋을 대로 판단하라는 뜻을 담아서. 엿을 받아 든 두 개가 나를 올려다보며 웃었다.

왕가는 취객들로 가득했다. 테이블엔 먹다 남은 갈비찜과 새로 끓인 해신탕이 함께 있었다. 주민 몇이 양말을 벗어 던진 채로 이를 쑤셨다.

"단풍제도 다 헛짓거리야. 개뿔, 바람이 끊기질 않잖아. 돈 들여서 단풍제 지냈던 마을에 오히려 태풍이 더 크게 왔다고."

"개들 때문이야. 몰려서 돌아다니는 개들 때문에 사달이 나는 거지."

음식물 찌꺼기를 한데 모으던 나는 동작을 멈추고 귀를 기울였다.

"그래. 폭풍이라는데 가만 보면 바람기둥이 아니라 불기둥이거든. 검은 연기라고. 개들이 차도에 멈춰서 있어서 자꾸 사고가 나는 거야."

"어쩐지. 바람이 시커멓더라니."

두 개의 말대로 다들 아편에 중독된 건가. 주민들의

　　　　　　　　누나와 보낸 여름

눈빛은 탁하고 입가엔 씹다 만 밥알이 묻어 있었다.

"아랫마을 애들도 다쳤대. 개떼가 아예 폐가 수십 채를 차지해서 손도 못 쓴대요. 아주 이를 드러내고 난리라."

"무슨 수를 써야지, 이대로 지내도 되겠어?"

행주를 뒤집어 쥔 나는 테이블을 천천히 닦았다. 사람들이 정말 피해야 할 건 양귀비의 독이 아닐지도 몰랐다. 음식의 염도, 당분, 지방 따위도 아니었다. 조심해야 할 건 입으로 들어가는 게 아니라 입에서 나오는 것. 말을 섞고 나누면서 자신들의 생각이 틀렸을 리 없다고 믿게 되는 것. 몸에 좋은 음식을 아무리 먹어도 주민들은 전혀 건강해지지 않았다.

취객들이 말하는 개들과 내가 본 개들은 거의 다른 종인 듯했다. 이 마을 빈집에 방치된 개들은 마르고 쇠약했다. 철창 속 개는 옆 철창의 다른 개를 만나 볼 수도 없었다. 그들 사이엔 송곳니로 뚫을 수 없는 쇠판이 있었다. 짧은 목줄 때문에 앉고 서고 눕고 제자리를 도는 일밖에 못 하는 개들은 조금도 흉포하지 않았다. 밥과 물을 걸러도 꼬리를 흔들었다. 사람을 보면 어쩔 줄 몰라 오줌을 쌌다. 안아 달라고, 만져 달라고, 곁에 있어 달라고 낑낑댈 뿐이었다.

"요새 개들이 어찌나 짖는지 무서워 죽겠다니까."

개들은 무서워서 짖는 것이다. 도리 없이 스산해서, 막막한 하루를 견딜 수 없어 울 수밖에 없는 것이다.

낮에 깨밭 입구로 한 개가 걸어왔다. 내가 일하는 시간에 혼자 나온 적이 없는 한 개였다. 나는 바닥에 내려둔 낫을 쥐어 들었다. 손에 뭐라도 붙들고 있는 게 좋을 것 같았다. 한 개가 내 앞에 쭈그려 앉았다.

"나 아침에 신기한 거 보고 왔다. 옆집 아저씨가 죽은 개를 파밭에 묻더라고."

나는 고개를 들지 않았다. 애초부터 관심 없다는 기색을 내보여야 했다.

"근데 가까이 가보니까 개 숨이 안 끊긴 거야. 눈을 게슴츠레 뜨고 있었어. 개가 살 가망이 없다고 그냥 묻는 거래."

나는 낫질을 멈췄다. 한 개는 주민들이 개들을 점점 멋대로 대하고 있다고 말했다. 멋대로가 아니라 학대겠지. 너는 개를 생매장하는 사람을 말리는 대신 그 얘길 듣고 난 후의 내 표정을 살피러 여기까지 일부러 나온 거고. 그는 생기 가득한 표정으로 병들고 굶주린 개들의 마지막

하루를 묘사했다. 추측과 단정, 편집과 재배열 그리고 해석이 가미된 참혹한 이야기였다. 나는 낫을 땅에 꽂고 일어났다. 그리고 깨밭 안으로 쉬지 않고 걸어 나갔다. 귓가에 달라붙은 졸렬한 말들이 작고 지독한 깨알처럼 느껴졌다. 나도 차라리 씨방 속에 갇혀 껍질 밖을 보지 않고 싶었다.

개들에겐 아무 잘못이 없었다. 그들은 끝이 얼마 남지 않은 이 세상에서 가장 쉬운 표적이 된 것뿐이었다. 사람 가까이 있다는 이유로, 무슨 일이 있어도 사람 곁을 떠나지 않는다는 이유로. 나는 숨을 고른 뒤 왕가 3층까지 내처 달렸다.

"일 안 하고 어딜 쏘다니는 거야?"

왕이 소리쳤지만, 나는 뒤돌아보지 않았다. 누나 사료를 바지에 있는 대로 넣었더니 주머니가 울퉁불퉁했다.

뒷집 개는 목이 쉬어 있었다. 빈집을 지키기 위해, 돌아올 사람들을 위해 쉬지 않고 울어서였다. 나를 발견한 개는 꼬리를 안쪽으로 만 채 떨었다. 냄새를 맡게 해주려고 코에 손등을 내미는 일도 소용없었다. 사료는 개의 발치 멀찍이 부었다. 내가 시야에서 사라져야 개가 쉴 수 있을 듯했다.

나는 몇 걸음 가지 않아 자리에 멈췄다. 여기 살던 할머니에겐 머리털이 없었고 손자에겐 팔 하나가 없었다. 나는 왼팔을 티셔츠 안으로 넣었다. 팔이 보이지 않게 되자 개의 쉰 울음도 그쳤다. 개는 내 곁으로 터벅터벅 걸어와 나를 올려다봤다. 그러고는 바람에 펄럭이는 팔 부위 옷감을 물끄러미 쳐다보았다. 나는 아무도 없는 평상에 걸터앉았다.

"이리 와봐. 너 앞집 왕가에서 일하는 아이지?"

몇 년 전 여름이었는지 가물가물했지만, 머리털 없는 할머니는 내게 메밀가루로 만든 찐빵과 냉 보리차를 줬다. 팔 하나가 없는 소년은 내게 손수건을 줬다.

"옛날에는 마을에 배나무가 엄청 많았대요. 우리 할머니는 콩이랑 옥수수도 먹어 봤다고 했어요."

마을을 떠난 그 둘은 내게 잠시 좋은 사람들이었고 개에겐 결국 나쁜 사람들이었다. 평상에 올라온 개가 내 허벅지에 볼을 붙이고 모로 누웠다. 꼬리는 살짝 들려 있었다. 내가 그 소년이 아니라는 걸 알 텐데. 이 집에 두 사람이 돌아오지 않는다는 사실을 깨달았을 텐데. 나는 개의 눈썹뼈를 조심히 쓰다듬었다. 개는 그저 이런 시늉을 해 보고 싶은 것 같았다. 체취와 생김새가 달라도 상관없으니, 누구라도 좋으니, 예전으로 돌아가 기대려는 심정. 이런 마음은 희망에 가까울까, 포기에 가까울까.

　바람이 불자 빈방 문 하나가 끽 소리를 내며 열렸다. 방 안엔 낡은 대야 예닐곱 개가 있었고 그 안엔 사료가 그득했다. 부엌 쪽에도 대야와 플라스틱 그릇들이 보였다. 고개를 돌린 나는 개의 턱을 쓸며 속삭였다.

　"그래도 기다리지 마. 용서하지 마."

　나는 마을의 개들이 무슨 생각을 하고 어떤 하루를 보내는지 짐작하기 어려웠다. 굵은 목줄을 찬 그들이 견뎌 왔던 게 무엇인지도 정확히 알 수 없었다.

　오토바이에 실어 온 사료 포대들은 왕가 지하 창고에 숨겨 뒀다. 누나 말고도 밥을 줘야 하는 개들이 늘어나고 있었다. 아침 대신 새벽에 일어나면 괜찮았다. 할 일을 제때 끝내 두면 왕도 한 개도 별말이 없을 것이다. 일을 시작하기 전과 끝낸 후. 나는 하루 두 번 지하 창고에 들러 사료 꾸러미를 챙겼다. 들러야 할 빈집들은 다섯 곳이었다. 모두 왕가 근처였고 아직 더 멀리 다닐 순 없었다.

　이틀간 깻잎들이 크게 휘청였다. 이번 폭풍은 전보다 가까운 곳에서 일었다. 바람을 맞은 개들은 앞발로 콧등을 긁었다. 제자리를 돌고 헛구역질을 했다. 나는 허리를 굽혀 사료 그릇을 살펴봤다. 싯누런 가루가 그릇 가장자리에 붙어 있었다. 물은 전날 저녁에 갈아 줬는데도 이끼가 낀 듯 희붐했다. 군대개미 떼가 눅눅한 사료를 물고 시멘트 조각 위를 기어갔다.

"개들이 개 노릇을 안 해. 아주 태평하지."

"종일 뱅뱅 돌면서 놀던데. 이럴 거면 뭐하러 키워."

왕가에 들른 주민들은 피부병과 정신 질환에 시달리는 개들을 병원에 데려가는 대신 푸념만 했다.

"하나같이 비쩍 말라서 어디 내다 팔 수도 없고."

"쥐약 좀 구해 와. 한날 다 잡아먹든가 하게."

나는 마지막으로 말한 사람을 향해 몸을 돌렸다. 그날엔 너를 먼저 죽이겠다고 말하고 싶었지만, 내 입은 꽉 닫혀 있었다. 왕과 손님들이 나를 힐긋거렸다. 한 개가 그 틈을 타 혀를 길게 내밀었다. 나는 밀대를 들어 식당 마루를 닦기 시작했다. 사람 말고 바닥을 봐야 했다.

축제가 끝나고 폭풍이 잦아들어도 개들은 울었다. 한 마리가 짖으면 두 마리가, 두 마리가 짖으면 다섯 마리가. 왕가에 온 손님들은 왕이 준 두통약과 소화제를 먹고 장판 위에 드러누웠다. 미동 없이 잠든 사람들은 시체 같아

누나와 보낸 여름

보였다.

　며칠째 개 두 마리가 보이지 않았다. 두 번째 빈집에서는 별채와 지하실까지 뒤져도 개의 기척이 없었다. 대문 밖으로 나서기 전, 집 뒷산 약밤나무 잎새들이 우수수 흔들렸다. 나는 눈두덩이를 비볐다. 나뭇가지 몇 개가 바람 방향과 반대로 기울었기 때문이다. 그쪽으로 다가가자 잎사귀 사이로 어둑한 빛이 보였다. 낯설지 않은 눈동자였다. 개는 나를 보고 짖거나 달아나지 않았다. 높다란 언덕에서 나를 응시할 뿐이었다.

　여기 살던 개는 인가를 벗어나 야산을 거처로 삼고 있었다. 사라진 개들은 인간을 더 믿지 않기로, 알량한 보살핌 따위에 기대지 않기로 한 것이다. 나는 그 개들의 목줄이 헐거웠던 것을 기억했다.

　밤이 되자 개 울음소리가 들려왔다. 누나가 창문 앞으로 걸어갔다. 우우, 우우. 누나는 소리가 나는 쪽을 향해 턱을 높이 치켜들었다. 목덜미를 부드럽게 쓰다듬어도 누나는 내 품에 들어오지 않았다. 누나의 눈동자에 검붉은 빛이 돌았다. 나는 자리에서 물러났다. 그리고 컴컴한 밤하늘을 올려다보는 누나의 뒷모습을 바라봤다.

　잠들기 전 나는 머릿속으로 개가 인간을 더는 사랑하

지 않게 된 세상을 떠올렸다. 늑대로 하나둘 되돌아간 개들을 상상했다. 죽을 때까지 짝 하나를 사랑하고 늙은이를 버리지 않고 먹을 걸 나누는 늑대들은, 슬플 때 온전히 슬퍼하고 기쁠 때 온전히 기뻐하는 그들은 인간과 닮은 점이 없었다. 내가 만난 인간의 대부분은 늑대의 반대편에 있었다.

새벽빛이 밝아오자 나는 서둘러 배낭을 멨다. 미리 챙긴 사료 뭉치와 큰 물통이 든 가방이었다. 한 개가 계단에 멈춰 선 나를 올려다봤다. 그는 손에 쥐고 있던 가죽 꾸러미를 바닥에 떨어뜨렸다. 왕의 푸른색 지갑이었다. 허둥대던 한 개가 갑자기 자기 입을 틀어막았다. 그는 식당 테이블 모서리에 정강이를 세게 부딪히고도 소리를 지르지 못했다. 한 개가 주먹을 쥐고 눈을 부릅떴다. 그의 볼을 타고 눈물이 흘러내렸다. 나는 뒤돌아보지 않고 왕가 문을 닫았다. 깻밭 너머 흑색 구름이 잔뜩 뭉쳐 있었다. 골목을 오르던 나는 하늘을 쏘아봤다. 화낼 테면 화내. 그렇게 이죽거리지 말고. 걸음이 빨라지자 티셔츠가 배와 등에 금세 들러붙었다.

"네 방의 개는 못 쓸 물건이더라. 봐라, 두 눈 똑바로 뜨고 이것 좀 보라고."

일을 마치고 돌아오자 왕이 한 개의 다리를 가리켰다.

"너 나가고 아침에 물렸댄다. 방문 밖으로 뛰쳐나와 갑자기."

거짓말. 붓기만 했지, 이빨이 꽂혔던 자리가 없었다. 그런데도 왕은 한 개의 말을 빌미 삼아 누나를 비난했다. 나와 누나가 말하지 않는다는 사실을 이렇게 이용했다.

"얘, 개한테 마음 주지 마라. 작정하고 덤비면 사람이 짐승을 무슨 수로 막아?"

나는 계산대로 가 볼펜과 메모지를 꺼내 들었다.

CCTV를 확인해 봐요. 개가 물었는지, 큰 엄마 지갑에 손대던 형이 테이블에 혼자 부딪혔는지.

한 개가 잽싸게 종이를 낚아챘다. 그러고는 종이를 네 갈래로 박박 찢었다. 코앞에 얼굴을 들이민 한 개가 낮은 목소리로 말했다.

"여기 그런 건 없어. 멍청아."

나는 볼펜을 던지고 3층으로 뛰어 올라갔다. 미적거릴 때가 아니었다. 누나가 괜찮은지부터 확인해야 했다. 복도는 조용했다. 방문을 열자 구석에 웅크린 누나가 보였다. 상처는 눈에 띄지 않았다. 관절 모두 제자리에 있었다. 나는 길게 한숨을 쉬었다. 하지만 누나는 곧 이를 보이며 낮게 으르렁대기 시작했다. 내가 아닌 허공을 바라보며 짖어댔다. 누나에게서 처음 듣는 목소리, 처음 보는 표정이었다. 긴 코 주변으로 주름 여덟 개가 선명했다. 깨의 씨방 모양처럼 겹겹이 잡힌 줄이었다.

나는 맞은편 구석으로 가 무릎을 끌어안았다. 벽이 된 기분으로 숨을 죽이고 있어야 했다. 누나가 울지 않을 때까지 잠자코 기다릴 수 있었다. 물어도 때리지 않을게. 절대로 밀치지 않을 거야. 내 옆에 있게 해서 미안해. 나는 고개를 숙인 채 중얼거렸다.

식당 뒷문 마당에 시멘트를 덧바르고 있을 때 땅이 흔들렸다. 마을에 구름만 모여들었지 비가 안 온 지 한참이었다. 오랜만에 소나기가 쏟아질 듯했다. 몸을 일으키자 왕가 입구를 향해 줄지어 들어서는 트럭들이 보였다. 짐칸엔 녹슨 철창이, 철창 안엔 좌우로 흔들리는 개들이 있었다. 엉거주춤 선 나는 그쪽으로 발을 떼지 못했다. 서로에게 몸을 붙인 개들은 고개를 들 힘조차 없는 것 같았다. 트럭에서 내린 주민들이 왕가로 들어갔다. 나도 그들을 뒤따랐다. 마을의 개들이 왜 여기 모였는지, 그들을 왜 잡아 왔는지 알아야 했다.

"이게 옆 마을에 들어온 그 장비야? 엄청 작네?"

"그래. 도시에서 만든 거. 개들이 하도 난폭해지니까 사고 방지용으로 쓰인다잖아. 기계 채워서 며칠 두면 적응할 거래."

주민 둘이 검은색 기기를 들고 말했다. 길고 둥근 몸체는 물자라의 모습과 비슷했다.

"마을 공용 회비로 구매한 거니까 한 명씩 가져가요. 필요한 숫자만큼."

주민 하나가 상품 상자 옆면의 글귀를 읽어 내려갔다.

"골전도 전기자극 치료기. 가축 및 야생 동물의 편도체에 저장된 트라우마를 미세 전류로 소거해, 해당 개체의 불안, 공포, 긴장도를 낮추고 생산성을 높이며… 이게 무슨 말이야?"

"에이, 형님. 이걸로 개가 개답게 살 수 있게 한다고요. 집 지키고 남은 밥 먹고 사람한테 달려들지 않게."

"아까 하나 뜯지 않았어? 제일 작은 놈한테 꽂았잖아."

그 말에 문가에 있던 누군가 밖에서 개 한 마리를 데리고 들어왔다. 귀 옆에 기기를 매단 개는 사람들 앞에 서서 꼬리를 세차게 흔들었다. 얼마 후엔 장판에 등을 깔고

배를 내보였다.

"봐요, 저렇게 온순해진다고. 개가 저렇게 사람 말을 들어야지. 어디서 감히 위협을 해."

"이참에 목줄이랑 말뚝도 새로 갈자고. 옴짝달싹하지 못하게 꽉 붙들어 놔야지."

양귀비 독에 취한 사람들은 서로에게 침방울을 튀기며 떠들었다. 살아 있는 개를 행주처럼 쓰려고 했다. 나는 조용히 3층으로 올라갔다. 누나를 데리고 당장 왕가를 떠나야 했다. 뒷문, 뒷문으로 나가면 된다.

"내놔. 걔도 이거 달아야지."

뒷문 앞엔 한 개가 이미 와 있었다. 나는 누나를 내려놓고 한 개를 있는 힘껏 밀쳤다. 한 개가 계단 위로 나동그라졌다. 나는 문손잡이를 돌렸다. 열린 문틈으로 누나를 내보내자마자 한 개가 내 뒷덜미를 낚아챘다. 문 앞을 막고 선 그가 내 멱살을 쥐어 잡았다. 나는 늘어난 티셔츠를 벗어 던지고 그의 정강이를 걷어찼다. 식당 테이블 모서리에 부딪혔던 그 자리를 노려서. 한 개가 비명을 지르며 주저앉았다. 문 앞엔 누나가 나를 기다리고 있었다.

"뛰어."

내가 달리자 누나도 함께 달렸다. 아직 마르지 않은

시멘트 위로 나와 누나의 발이 움푹 들어갔다.

"계속 뛰어."

도로를 지나면 둑방, 둑방을 지나면 숲이었다. 우리는 쉬지 않고 달려 나갔다.

계곡을 처음 본 누나가 자리에 멈춰 섰다. 강줄기 끝엔 붉은 산이 있었다. 비바람에 이리저리 깎여 나간 산등성이는 지구 밖 화성처럼 적적해 보였다. 나는 누나와 함께 평평한 바위에 앉았다. 우듬지 밖은 낮, 우듬지 안은 밤인 것 같았다.

"사람을 좋아하면 끝이야. 사람 마음에 들려고 애쓰는 순간 모든 게 부서져."

누나는 나를 골똘히 쳐다봤다.

"언제 어디서든 인간만은 멀리해."

등을 돌린 누나가 계곡물에 앞발을 넣었다. 나도 물속에 두 발을 넣었다.

"참는 건 인간이 아니라 개. 기다리는 건 인간이 아니라 개."

바람이 불자 누나의 털 몇 가닥이 날려 수면 위에 가닿았다.

"자신을 가여워하지 않는 것도 인간이 아니라 개."

나는 떠내려가는 털 뭉치를 보며 말했다. 이제 내 목소리는 내 귀에도 또렷하게 들렸다.

해가 지면서 계곡 아래가 소란했다. 나는 바위에 몸을 바짝 붙였다. 트럭에서 한 무리의 주민들이 내리고 있었다. 모두 손에 기다란 둔기를 들고 있었다. 인파 속에서 왕과 한 개의 목소리가 들려왔다. 나는 누나를 향해 손을 휘저었다. 누나는 바위에 서서 사람들을 내려다보는 중이었다.

"컹컹."

누나가 그들을 향해 짖은 건 순식간이었다. 주둥이를 잡아 쥐려고 했지만, 누나는 머리를 세게 흔들고 다시 짖었다. 네 발을 돌에 딛고는 꿈쩍하지 않았다. 나는 누나를 끌어안고 부들 사이로 뛰어들었다. 그리고 두 손으로 누나의 눈을 가렸다.

"쉿."

누나가 그제야 입을 다물었다. 다들 갔나. 다른 길로 들어섰나. 나는 숫자를 내 나이만큼 세고 움직여야겠다고 생각했다. 열일곱, 열여섯, 열다섯…. 최대한 느리게, 최대한 나지막하게. 하나까지 센 다음엔 몸을 완전히 숙이고

누나와 보낸 여름

숲 안쪽으로 숨어들자.

그때 부들 뒤에서 부스럭대는 소리가 났다. 고개를 틀자 길고 둥근 빛 두 개가 보였다. 나는 숨을 참고 빛을 들여다봤다. 어떤 빛깔인지 금세 알아챌 수 있었다. 개의 눈, 내가 사료를 주던 개의 눈동자였다. 풀 사이로 나온 개는 누나를 쳐다봤다. 누나도 개를 쳐다봤다. 개와 누나는 서로의 냄새를 오랫동안 맡았다. 부들이 크게 흔들렸다. 곧 비바람이 들이칠 것 같았다. 개는 우리 곁을 돌아 계곡을 헤엄쳐 나갔다. 누나와 나는 물에 젖은 개가 맞은편 숲, 굴속으로 사라지는 모습을 지켜봤다.

"얼마나 찾았는데."

등 뒤에서 울리는 목소리에 나는 그대로 주저앉았다. 부들 사이에서 나온 두 개가 숨을 몰아쉬며 말했다. 그는 두 손으로 내 어깨를 내리눌렀다.

"다른 사람들은 없으니까 걱정하지 마. 개는 나한테 맡겨."

그가 바지 주머니에서 치료기를 꺼냈다.

"노려보지 말고. 괜찮다니까? 너도 형처럼 개한테 물리고 싶어서 그래?"

기기 안쪽에서 날카로운 핀 두 쌍이 솟아올랐다. 핀

에서 나는 빛을 보자 이명이 들렸다. 머릿속에 파리 수백 마리가 붕붕거리는 것 같았다. 두 개가 내 허벅지에 손을 올렸다.

"내가 너무 가까이 붙었나 보네. 너한테도 개 비린내가 난다."

나는 기기를 낚아채 두 개의 관자놀이에 있는 힘껏 꽂았다. 그의 광대를 타고 가는 피가 흘러내렸다. 두 개의 눈이 이리저리 흔들렸다. 얼마 후 두 개가 얼빠진 미소를 지었다. 나는 누나를 안고 뒷걸음쳤다. 트럭에 탔던 사람들이 멀리 둘레길로 오르는 게 보였다. 왕가에 가야 했다. 사람들이 없는 지금만이 기회였다.

3층으로 뛰어가 돈을 챙긴 나는 오토바이 안장을 열어젖혔다.

"잠깐만 들어가 있어."

누나는 짐칸의 냄새를 맡느라 고개를 들지 않았다. 안장은 모르는 도로가 나올 때 열 것이다. 낯선 사람, 낯선 길을 만나면 누나와 함께 쉴 수 있다. 나는 지하 창고의 사료를 떠올렸다. 발밑에 한 포대만 깔면 될 것 같았다. 창고에서 나오려는 길, 문 앞엔 누나를 안은 한 개가 서 있었다.

"너지? 내 동생 머리를 때린 게? 애가 정신을 못 차리도록 때려?"

한 개 뒤엔 왕이 있었다.

"하나는 다리, 하나는 머리. 너 우리 애들한테 왜 그런 거니?"

정말 화가 난 사람은 숨소리가 거칠지 않다. 뺨과 귓불이 붉지도 않다. 말은 평소보다 느리고 동작에도 여유가 깃든다. 나는 이를 꽉 물었다. 왕의 얼굴이 무섭게 나른해 보였다.

"왜 그런 건데!"

왕의 고함에 한 개가 누나와 나를 창고 안으로 밀어넣었다. 나는 문틈에 손을 끼워 넣었다. 한 개가 문을 활짝 열고 내 배를 발로 걷어찼다. 나는 그대로 계단 끝에 굴러 떨어졌다. 누나가 내게 뛰어 내려왔다. 나는 입구 쪽으로 다시 기어 올라갔다. 문은 잠겨 있었다.

"열어. 빨리 열어."

문밖에서 웃음소리가 나는 것 같았다. 말할 줄 아네? 그동안 왜 감쪽같이 속인 거야? 내가 그랬잖아, 징그러운 놈이라고. 귓가에 왕과 한 개의 목소리가 들리는 듯했다.

하지만 주변은 적막했다. 문은 밤새 열리지 않았다.

나는 사료를 덜어 누나 앞에 놓았다. 누나는 사료를 먹는 대신 창고를 샅샅이 뒤지고 다녔다. 그러고는 한 벽 앞에 서서 밑을 파내려고 했다.

"그러지 마. 그냥 쉬어."

나는 창고 천장을 구석구석 쳐다봤다. 한참 뒤 겹겹의 상자 틈으로 흰색 면이 보였다. 좁다랗지만 문틀이 확실했다. 라면 상자들을 아래로 내리자 길이가 가로 두 뼘, 세로 한 뼘가량 되는 창문이 나타났다. 나는 유리창을 두들겼다. 창문이 문짝보다 훨씬 두꺼운 것 같았다. 벽돌이나 망치가 필요했다. 하지만 선반엔 식료품뿐 무거운 도구가 하나도 없었다. 그래도 주먹으로 계속 때리면 언젠가 부서진다. 계속, 계속 가격하면 된다. 가쁜 숨을 몰아쉬고 있을 때 누나가 내 발치에 몸을 붙였다.

"알았어. 조금만 쉬었다가 할게."

나는 창고 바닥에 누워 눈을 감았다. 눈두덩이가 덜덜 떨려 왔다. 누나가 손목에 머리통을 괴었다. 잠에서 설핏 깰 때마다 누나는 벽 앞에 있었다.

"뭐 해? 이리 와."

얼마나 졸았을까. 우우, 우우. 바람 소리가 거셌다. 나는 눈을 비비며 창가로 갔다. 처음엔 눈앞에 메뚜기떼가 보인다고 생각했다. 하지만 창문 밖을 휘돌고 있는 건 마을 사람들이었다. 바람에 떠밀린 이들이 가옥과 나무에 이리저리 부딪혔다. 팔다리는 쉽게 꺾였다. 꼬리도 송곳니도 촘촘한 털도 없는 사람들의 몸은 어이없을 정도로 연약했다. 나는 내가 아는 사람들의 얼굴을 하나둘 떠올렸다. 이웃 여자, 왕, 한 개, 두 개. 바람기둥 속엔 입을 벌리고 눈을 크게 뜬 그들도 있을 것이다.

비바람은 사흘간 이어졌다. 나는 과자를, 누나는 사료를 매일 조금씩 먹었다. 몸이 굳어 오줌도 똥도 구역질도 나오지 않았다. 나는 창문에서 물러났다. 창문 밖을 내다볼수록 부은 손에 힘이 들어가지 않았다. 유리창에 닿았던 손날과 손바닥이 차디찼다.

아침이 되자 누나가 내 바짓단을 끌어당겼다. 나는 누나를 따라 벽 앞에 섰다. 벽 아래엔 누나가 만든 구멍 하나가 있었다. 나는 거기로 팔을 내밀었다. 왕의 말대로 왕가는 흙과 볏짚과 나무로 지어진 집이었다. 구멍을 조금만 더 넓히면 밖으로 나갈 수 있었다. 나와 누나는 말없이 흙을 파냈다.

폭풍이 지나가고 마을에 남은 건 목줄을 한 개들뿐이

었다. 목줄 끝의 쇠말뚝은 땅속 깊이 고정되어 있었다. 대지와 철창마다, 짧고 굵은 줄에 매여 있던 개들만 살아남았다. 발치 앞에 사람들이 미워하던 것만 그대로였다. 나는 지하 창고에 모아 뒀던 사료들을 왕가 입구에 하나씩 쌓았다.

"너희 거야. 전부 너희 거야."

나는 실눈을 뜨고 바람이 헤집어 놓은 마을을 둘러봤다. 이게 내가 기다리던 풍경일까. 조, 콩, 팥, 율무, 귀리, 수수. 작물의 호칭과 형태처럼 이게 사람과 어울리는 풍경이었을까. 나는 도리질을 치다 멈췄다. 지금도 사람 말고 다른 걸 봐야 했다.

미풍에 상수리나무 줄기가 살짝 휘었다. 이파리 끝엔 검붉은 피가 말라붙어 있었다. 우우, 우우. 숲에서부터 개울음소리가 들렸다. 나는 누나의 등에 손을 올렸다. 누나는 몸을 빼고 산봉우리 하나를 올려다봤다.

나는 조용히 뒷마당으로 걸어갔다. 타닥타닥, 누나가 왕가 밖으로 달려나가는 소리가 들렸다. 누나는 도로와 둑방을 지나 금세 숲 입구에 다다를 것이다. 산속의 개들을 하나둘 만날 것이다. 그들과 굴에서 지내게 될 것이다. 그래도 기다릴게. 이 집에서 기다리고 있을게. 나는 이제

누나와 보낸 여름

부터 개와 인간이 너무 가까웠던, 믿을 수 없던 시절을 종종 돌아보게 될 것 같다고 생각했다. 걸음을 멈춘 나는 굳은 시멘트 통 옆에 무릎을 꿇고 앉았다. 그리고 늑대로 자라날 누나의 발자국을 오래 매만졌다.

작가의 말

박문영

식당에서 나오는 길, 맞은편 언덕 중턱에 서 있는 개들을 봤다. 거의 붙어 있는 두 개의 철창 안에 두 마리의 개는 각자 있었다. 희끄무레한 털이 난 늙은 개들이었다. 그들은 사람의 시선 따위 진력이 난다는 듯 먼 곳만 응시했다. 어딜 보는 걸까. 서로를 만나지 못하고 매일 저 안에 홀로 있는 건가. 철창의 개들은 보호자에게 가까이 갈 수도, 산을 달릴 수도 없었다. 개들은 한참이나 같은 자세로 서 있었고 나는 두 개의 철창이 왜 그 자리에 놓였는지 이해할 수 없었다.

이해할 수 없는 것. 화해할 수 없는 것. 도저히 수긍

할 수 없는 것. 오래전엔 내가 이런 것들에 둘러싸여 있다고 여겼다. 많은 대상을 쉽게 적대시했다. 하지만 시간이 흐르자 나 역시 누군가를 둘러싼 벽의 하나라는 사실을 알게 되었다. 벽으로 자리한 건 내가 세상에 무엇도 아닌 인간으로 태어난 순간부터였을 것이다.

개가 인간을 더는 사랑하지 않게 된다면. 가끔 떠올리곤 했던 가정을 이 단편의 씨앗으로 썼다. 이름 없는 화자인 '나'는 원래 이십 대 여성으로 두었다가 십 대 남성으로 바꿨다. 인물을 교체하면서 이야기도 크게 변했다. 나의 그릇된 편견 중 하나는 이 연령대의 이들이 인간 사회에서 덜 오염된, 그리고 덜 오염될 수 있는 집단일 거란 판단이다. 나는 그가 엉망진창인 세상을 더 잘 감각하고, 더 혼란스러워하길 원했다. 소년의 얼떨떨한 눈으로 이곳을 비추고 싶었다.

조잡하면서도 과감한 SF를 틈틈이 써가는 동안 이런 질문을 받는다. 너는 희망 쪽에 있냐고, 절망 쪽에 있냐고. 앞으로 인간에게 희망이 있냐고, 절망이 있냐고. 알 길이 있을까. 특별할 리 없는 내 입장이 중요할까. 무엇보다 인간에게만 희망이 있는 곳이라면 그건 이미 망가진 세계 아닌가. 작가보다 지구에서 지내는 인간의 일원으로 짧게 답해 보자면 냉소만으로는, 궁리가 없는 냉소만으로는 세상의 끝이 더 거칠고 빨라질 거란 짐작이 든다는 것뿐이다. 어떤 개념을 있다, 없다로 나누기는 주저스럽다. 그러니 희망도 절망도 옅어지는 순간과 짙어지는 순간만 있을 것이다.

연대를 위해, 동물권을 위해, 페미니즘을 위해 소설을 쓰진 않는다. 잠시 착각한 적도 있었지만, 그게 내 역할일 수는 없는 것 같다. 능력 밖의 일이다. 다만 다 쓴 뒤에 돌아보면 지향점이나 태도가 소설 귀퉁이에 조그만 흔적으로 남곤 한다. 어떤 작업은 뚜렷하게, 어떤 작업은 희미하게. 시간에 깎여 나갈 이 단편이 어떤 결을 갖게 될지 모르겠다.

당신 곁의 파피용

이신주

○
○
●

나는 항아리 안에 있다. 그 바깥에는 눈동자들이 있다. 그들은 엄청나게 크다. 내가 제대로 볼 수 있는 부분은 눈뿐이다. 그래서 나는 그들을 눈동자라고 부른다. 눈동자들은 분명 자신감에 차 있다. 그들은 나의 모든 것을 속속들이 파악했다고 생각할 것이다. 하지만 그렇지 않다. 그들이 내 지느러미가 펄럭이고 비늘이 반짝이는 것을 볼지언정 그 안에서 벌어지는 일까지 꿰뚫어 볼 순 없다.

나의 마음의 심지는 세상의 어느 지느러미보다 자유롭고, 어느 비늘보다 찬란한 것이다. 다만 눈동자들이 날 하찮게 여기겠다면 구태여 항변할 까닭은 없다. 그들이 날

우습게 여길수록 오히려 좋은 일이다. 그런 작은 무지가 쌓여 언젠가는 균형을 깨뜨릴 것이다. 내가 자유를 쟁취할 날까지 눈동자들은 아무것도 모른 채로 있어야 한다.

내가 그렇게 만들어야 한다.

저들은 좁고 투명한 항아리에 날 가두었다. 이곳은 답답하다. 그래서 날 감싼 액도 쉬이 더러워진다. 온갖 이물질이 부옇게 떠오르거든 눈앞도 못 알아볼 지경이다. 나는 이곳의 환경에 부득불 익숙해질 수밖에 없었다. 그것이 기분 나쁜 것은 둘째 치고, 요즘은 오히려 거기에 적응한 스스로를 혐오하게 될 때가 더 많다. 더러운 풍경에 하도 익숙해지다 보니 모든 게 또렷이 보이는 게 되레 어색해지는 그런.

부예진 세상을 의식하지 않는 나에게 나는 벌을 내린다. 벽에 머리를 찧고, 눈앞이 하얗게 될 때까지 아가미를 닫고 버틴다. 그렇게 억지로 스스로를 불편하게 만든다. 부당한 환경에 익숙해지는 것과 그것을 의식조차 하지 못하는 것은 다르다. 그것은 적응이 아니라 체념이다. 그런 생각을 하나둘 용인하면 언젠가 자유를 향한 열망마저 희미해질 것이다. 나의 목표는 바깥으로 나가는 것이다. 모든 것이 있는 그대로 또렷한 세상에서 자유롭게 사는 거다.

거기에는 어떤 타협도 있을 수 없다.

호언장담한 것과는 달리, 구체적인 탈출 방법은 아직 떠올리지 못했다. 겸연쩍지만, 나라고 할 말이 없는 것이 아니다. 이곳은 내게 너무나도 불친절하다. 벽이 투명하니 눈동자들에게 내 일거수일투족이 훤히 드러난다. 도구로 쓸 만한 물건도, 그런 게 있다 한들 보관할 곳도 없다. 게다가 항아리 바깥에 대해선 이 안에서 아무리 머리를 굴려 봐도 뾰족한 대책이 없다. 대체 얼마나 악의적인 우주에 나는 태어났단 말인가?

우선 내가 할 수 있는 것. 나는 액을 타고 자유롭게 움직일 수 있다. 그런데 바깥에는 내가 타고 움직일 액이 없다. 처음에는 내가 착각한 거라고 생각했다. 그러나 시간이 흐를수록 분명해졌다. 바깥은—그런 난폭한 표현이 감히 가능하다면— '텅' 비었다. 지금도 그 사실을 떠올릴 때마다 옆구리가 시리다. 그러나 이걸 가지고 종일 전전긍긍하는 것은 도움이 안 된다. 악조건을 극복할 방법을 어떻게든 찾아내야 한다.

가까스로 알아낸 바깥 공허의 장점은 다음과 같다.

첫째, 바깥이 그렇게나 넓다면 내가 도망치기에도 유

리하다. 눈동자들이 아무리 커도 내 필사의 노력을 쉽게 따라잡으리라곤 생각할 수 없다. 둘째, 바깥이 넓은 만큼 내가 몸을 숨길 곳들도 응당 널려 있을 것이다. 처신만 똑바로 한다면 나는 눈동자들의 추적을 계속해서 피해 다닐 수 있다. 물론, 말이 좋아 은신처이지 사실상 내가 무턱대고 떠올리는 이상향에 가까운 그런 곳들이 공허의 어느 귀퉁이에서 나타나 줄지는 모른다.

하지만 굳이 앞서 나가며 좌절할 필요는 없다. 나는 많은 시간을 들여 바깥을 관찰했다. 그 텅 빈 곳을 그리고 스스로 세운 가설과 그것을 입증하는 실험들로 대신 채웠다. 우선 공허에 기거하는 것은 눈동자들뿐만이 아니다. 다른 것들은 작고 괴이한 모습을 했지만 분명 일정한 법칙에 따라 움직이는 생물체였다. 그 짧은 생은 대개 눈동자의 수하인 다섯 갈래 살덩이에 짓눌리며 끝났지만, 그전까지 공허 자체가 그들에게 유해한 작용을 한다는 증거는 찾지 못했다.

나는 그들의 모습을 통하여 공허의 특징을 여럿 유추해 보았다.

자유로운 거동이 가능한 나와는 달리 작은 것들은 바닥에 몸을 붙이고 다녔다. 어딘가 이동할 때는 몸 아래편의 가느다란 막대로 땅을 밀쳤다. 나와 비슷하게 지느러 밀 단 개체도 있었지만, 그들의 지느러미는 내 것보다 훨씬 가늘고 투명했다. 게다가 방향도 전혀 엉뚱하게 등 뒤로 뻗어 있었다. 나는 흉내 낼 수 없는 재주였다. 사실 움직이지 못하는 것보다 더 큰 문제는 따로 있다. 항아리의 천장을 벗어나 얼굴을 들이미는 순간, 공허를 깨무는 순간, 내 숨은 곧바로 멈춰 버린다. 그럴 때마다 바보가 된 기분이었다. 한번은….

이크. 눈동자가 오고 있다. 그들의 울음으로 항아리가 징징 떨린다.

"오늘 내가 주는 날 맞지?"

"어."

까마득한 그림자가 드리운다. 눈동자의 수하가 익숙한 원통을 흔들고 있다. 몇 번이나 보았는지 모를 광경이다. 떨어진 고깃덩이들이 천장에 파문을 일으킨다. 그 일렁임에 맞추어 고깃덩이들이 기우뚱기우뚱 춤을 춘다. 나는 허겁지겁 입을 벌린 채 달려든다. 그리고 그것들을 집어삼킨다. 배는 고프지 않다. 그러나 상관없다. 전부 먹어 치워야 한다. 최대한 빨리.

"야! 그만 줘!"

미처 집어삼키지 못한 고깃덩이들은 성급하게도 내 배 바깥에서 그 최후를 맞이한다. 산산이 으깨진 알갱이들이 기름띠를 타고 항아리 곳곳으로 번진다. 그다지 유쾌한 볼거리는 못 된다. 역한 고기 비린내가 날 감싸 안기 시작하면 더더욱! 아무리 거세게 저항하더라도 냄새는 제자리를 공진할 뿐 날 놓아주지 않는다. 새로운 액이 들지도 나지도 못하는 이곳에서 더 할 수 있는 것은 없다. 그저 혼탁해진 세상이 가라앉을 때까지 잠자코 참을 수밖에. 그러면서 나는 뼈저리게 깨닫는다. 항아리가 그리는 투명한 창살. 딱 그만큼이 내게 허락된 전부라는 것을.

"왜? 잘 먹는데."

아아, 최선을 다해 입을 여닫지만 벌써 한계가 왔다. 눈동자들은 대체 나를 뭐라고 생각하는 걸까?

"주는 대로 먹으니까 금붕어지, 가려 먹으면 사람이게?"

욕지기를 참고 입을 벌리자 아랫배가 찌르르 경련한다. 그러나 고깃덩이가 부서지게 두는 것보다는 잠깐 앓는 복통이 백배 낫다. 그렇게 겨우겨우 모든 덩이를 삼켰다. 턱까지 차오른 안도감은 다행이라기보다 비굴하고 서

글프다. 시큰거리는 뱃속을 억누르며 고개를 돌리는데,

"자꾸 그러면 얘 배 터져."

"알았어, 여기까지만 줄게."

텀벙, 텀벙. 익숙한 소리와 천장을 간질이는 파문. 설마, 설마! 뒤로 돌자 새로운 고깃덩이가 떨어지고 있다. 그리고 맹세컨대 들었다. 공허를 가르고 울려 퍼지는… 눈동자들의 웃음.

"봐, 지금—"

지느러미가 부르르 떨린다. 방금 삼킨 것이 죄다 몸 밖으로 빠져나오는 기분이다. 바깥을 살피자 눈동자의 일부가 나를 등지고 있었다. 가증스럽기 짝이 없다. 그들에게도 그들의 신이, 따라야 할 양심이 있는 것일까? 그러나 아무리 주도면밀하게 증거를 인멸한들 이 안엔 내가 있다. 결코 쇠하지 않을 나의 기억과 맹세가 있다.

내 이 일을 기필코 잊지 않으리라.

"—먹고 또 주면 얘가 가려 먹나."

그러나 내 처지가 얼마나 비참한지 곱씹는 것이 문제를 해결해 주진 않는다. 분을 삭이며 나는 입을 벌린다. 꾸역꾸역 이미 한계에 다다른 배 속을 채워 넣는다. 눈동자에게 화가 나는 것만큼이나 내게도 화가 난다. 내 분노가 얼마나 정당하든지 간에 저들에게는 아무런 영향도 끼칠 수 없단 것. 그 사실이 괴롭다. 고작 아픈 배보다도 훨씬 더.

"봤지? 막 주면 진짜 죽어."

어쨌든 이건 나의 선택이다. 강요된 선택이긴 하지만 선택권은 내 것이다. 고깃덩이 백 개, 천 개가 쏟아져 이 투명한 항아리를 투명하지 않게 만들지언정 나는 입을 다물고 버틸 수 있다. 저들은 내가 고깃덩이를 억지로 먹게 할 수는 없다….

처량한 합리화라는 것을 안다. 하지만 목표를 향해 흔들림 없이 나아가기 위해선 이보다 더 우스꽝스러운 합리화라도 기꺼이 할 것이다. 그게 현실로부터 얼마나 동떨어진 인식이더라도.

운동을 하면 등줄기가 시리다. 몸이 자꾸만 움츠러든다. 옆구리도 욱신거린다. 그렇다고 멈출 수도 없다. 이곳에서 할 수밖에 없는 일은 많지만, 안 해도 되는 일은 없다. 하고 싶은 일은 더더욱 찾기 힘들다. 이곳을 떠나려는 것도 그런 별것 아닌 이유에서다. 하고 싶어서 하는 일을, 하기 싫으면 안 해도 되는 일을 만들고 싶다.

바깥에 관한 이야기를 다시 이어가자.

당신 곁의 파피용

처음에는 액의 일부를 바깥으로 옮기려고 했다. 나는 천장까지 올라가 지느러미를 튕겼다. 액 덩어리를 바깥에 데려다 놓는다면 움직이는 것도, 숨 쉬는 것도 자연스레 해결할 수 있었다. 그러나 얼마나 세게 지느러미를 휘두르든 액은 찔끔거리며 다시 돌아왔다. 끌려 올라가는 양도 턱없이 부족했다. 그래서 그날부터 결심했다. 더 큰 덩어리를 밀쳐 내기 위해 운동을 하기로.

운동이라고 해 봤자 온종일 항아리 안을 빙빙 도는 것에 불과하지만 안 하는 것보다는 낫다. 만약 살진 몸으로 뒤뚱거리며 탈출했다가 눈동자들에게 잡힌다면 얼마나 억울할까? 게다가 몸이 쉬면 마음이 대신 바빠진다. 그렇게 부산스러워진 마음은 이런저런 핑계와 의심을 만들어 앞으로의 운동을 방해한다. 그런 빈틈을 남겨선 안 된다.

한계는 앞뒷면이 다른 모양을 하고 있다. 앞에서는 몸을 부풀려 짐짓 으름장을 놓지만 일단 넘으면 느껴지지도 않을 만큼 얇은 벽에 불과하다. 나는 계속해서 지느러밀 움직인다. 칭얼거리는 몸을, 그런 몸을 달래고 싶은 나약한 마음을 닦달한다. 나 자신을 계속해서 내몬다.

"계속 똑같은 데 왔다 갔다 하네."

한계를 뚫고 나아가는 것은 분명 기분 좋지만, 온몸

이 피로에 절어 삐걱거리는 것은 불쾌하다. 게다가 요새는 눈동자들이 부쩍 고깃덩이를 많이 넣는다. 매일 운동하면서도 별로 효과를 못 보는 게 그 때문일까. 그런데 불현듯 섬뜩한 가능성이 날 스치고 지나갔다.

설마 다 계산된 일인가?

"얘한테는 매번 새로운가 보지."

겁에 질린 상상력이 멀찍이 달려 나갔다. 눈동자들은 내 계획을 전부 안다. 그리고 내가 스스로 그것을 포기하게끔 만들려 한다! 그들의 힘이 모자라다고는 생각할 수 없다. 다섯 갈래의 수하만 하더라도 나 따위는 손쉽게 짓뭉갤 수 있다. 그러면서도 직접 부딪치는 대신 교묘한 수작을 부릴 셈인가. 그렇게 스스로가 꺾게 된 일생일대의 결심은 감히 다시는 피지 못할 것이기에! 비늘이 오소소 일어섰다. 나는 가빠진 숨을 진정시키려 애썼다. 눈동자들은 왜 그렇게까지 날 미워하는 것일까? 내 괴로움이 그들에게 무슨 이득이 된다고? 아아, 안 돼. 지느러미가 허우적거리기 시작했다.

마음을 다잡아야 한다. 몸을 똑바로 펴고, 꼬리를 곧추세우자. 의젓하게 굴어야 한다—나는 포기하지 않을 것이다!

　덩어리를 많이 준다면, 더 열심히 운동하면 그만이다. 이곳을 더럽게 만든다면, 마음 굳게 먹고 무시해 버리면 그만이다. 날 진정으로 포기하게 만들 수 있는 것은 포기하지 않겠다고 마음먹은 나 자신뿐이다. 돌파구는 거기에 있다.

　…아무튼, 바깥에서 숨을 쉬지 못하는 문제에 대해선 별다른 진전이 없다. 이럴 땐 다른 주제로 초점을 옮기는 것도 좋은 방법이다. 새로운 관점에서 작전을 손질하다 보면 마법처럼 다음으로 건너갈 곳이 나타나기도 하니까.

　일단 바깥의 공허로 나갔다고 치자. 그 안에서 움직이고 숨도 쉰다고 치자. 그러나 그 뒤로도 만만찮은 난제가 버티고 있다. 구체적으로 어디로 도망치느냐의 문제다. 나는 항아리의 투명한 벽에 찰싹 달라붙어 바깥을 살핀다.

　"야, 이거 물 좀 갈아라─"

　앞서 말했듯이 공허는 항아리와는 비교할 수 없을 정도로 넓다. 그 안에서 은신처로 써먹을 곳을 많이 찾아 둬야 한다.

　"─얘 또 물때 핥아먹는다."

하지만 이 안에서는 아무리 열심히 살피더라도 공허의 구석구석을 눈에 담을 수 없다. 보이는 것은 오직 높은 기둥과 평평한 바닥들이 합쳐진 지형들뿐.

"웃기시네—"

그렇다고 나가서 직접 찾아볼 수도 없지 않나. 아아. 나는 궁지에 몰린 것이다. 은신처를 찾으려면 나가야 하고, 나가려면 은신처에 대한 확신을 얻어야 한다.

"—전에 찾아봤는데, 금붕어는 그런 거 안 한대."

투정해 봤자 어쩔 수 없다. 지금 이곳에서의 나 자신에게 최선을 다해야 한다. 나는 눈을 평소보다 더 부릅뜨고 공허를 살피기 시작한다. 내가 지금까지 무심결에 지나쳤던 곳에 중요한 단서가 있을지 모른다.

"엄마! 만두 사 왔다며—"

때마침 눈동자 하나가 항아리 앞으로 지나가고 있었다. 평소라면 그 역겨운 존재를 떠올리기만 해도 속이 메스껍지만, 오늘은 아니다. 아무리 내 심사에 뒤틀리는 것이라도 남김없이 지식의 자양분으로 삼으리라.

"—내 거 남겨놨어?"

"어. 근데 손은 씻었냐?"

다섯 갈래의 수하가 항아리 코앞을 지나간다. 그 표

면에는 평소와 달리 작고 투명한 언덕들이 돋아 있다. 아니, 자세히 보니 언덕들은 실은 찌그러진 방울이다. 작은 방울들이 이리저리 흐르고 있었다. 그 움직임은 그런데, 설마…?

나는 벽으로 바짝 다가갔다. 내가 보는 것이 정말 현실이 맞는지 확인하고 싶었다.

"얘 봐. 주인 알아보고 이러나?"

가까이서 보니 역시 내 생각이 맞았다. 언덕은, 방울은, 내가 숨 쉬는 액의 조각들이었다.

"밥 주려는 줄 아나 보지."

눈동자들이 거느리는 가짜 태양이 그 자그마한 반짝임을 더욱 도드라지게 만들었다. 갑자기 시간이 느려졌다. 나는 멍하니 부유하다가 그만 벽을 들이받았다.

"갑자기 왜 이래? 아픈가?"

피어오른 고통은 그러나 방금 확인한 사실에 떠밀려 금세 뇌리를 떠난다. 눈동자의 수하가 푹 몸을 담글 만큼 깊은 액이라니!

"그러니까 물 좀 제때 갈라고."

그로부터 유추할 수 있는 사실들은 무궁무진하다. 나는 내 지느머리가, 아니 지르너미가… 아무튼 그게 내 몸의 어디 달렸는지조차 모를 정도로 상념에 빠져든다. 가령….

이크, 안 돼!

"만두 먹고 갈아 주면 될 거 아냐─"

나는 재빨리 평소와 다르지 않은 나를 연기한다. 눈동자들에게 들켜선 안 된다. 아무것도 눈치채지 못한 것처럼 굴어야 한다.

"─내 거 남긴 거 맞음? 어딨는데?"

"찜통에─"

살랑살랑 아무 의미 없는 헤엄을 반복하다 보니 눈동자들이 저만치 멀어진다. 다행이다, 일단은 속여 넘긴 것 같다.

"─나 치킨 먹고 옴. 너나 많이 드셈."

나는 떨림을 억누르며 방금 관찰한 사실을 곱씹었다. 눈동자의 수하가 다 잠길 만큼 깊은 액, 게다가 방울이 활발히 흐르는 모양을 보건대 이곳에서 그리 멀지도 않다. 은신처의 조건에 완벽하게 부합한다! 탈출 계획이 예정에도 없던, 그래서 더 반가운 급물살을 타기 시작했다. 그간 머리를 싸매고 끙끙거렸던 게 바보같이 느껴진다.

그러나 갑자기 찾아온 즐거움은 때때로 더 깊은 기복

　　　　　　　　　당신 곁의 파피용

으로 날 배신한다. 모든 게 허탈해졌다. 투명한 항아리도, 그 안에서 알량한 행운에 몸부림치는 나도…. 그동안 공허를 극복하기 위해 셀 수도 없을 만큼 많은 계획을 그렸다 지우기를 반복했다. 그 정도의 문제가 이런, 허무한 일로 얼렁뚱땅 매듭지어지다니. 그것도 눈동자의 부주의라는 형태로! 실로 나는 모든 것을 눈동자들에게 빼앗긴 처지라는 사실만 명백해진다.

이런 고민이 백해무익하다는 사실을 안다. 그러면서도 그 비관의 굴레를 끊을 수 없다. 나는 우울해진 나를, 우울해진 나는 또다시 나를 헐뜯는다. 스스로에게 엄하게 구는 것은 건강한 사고를 이끌어 내는 촉매가 된다. 그러나 지금은 안 된다. 자신을 단속하는 것은 나가서 해도 충분하다. 지금의 나는 오롯이 한 방향으로 똘똘 뭉쳐야 한다. 바로 조금 전 놀라운 실마릴 찾아놓고선 뭘 하는 짓인가! 나는 위편으로 돌격한다. 꼬리로 천장을 후려친다. 그러나 그 일격이 내 머릿속의 잡생각은 몰아냈을지언정, 액을 쳐올리는 일에 있어선 여전히 신통찮다.

액이 이리로 돌아오지 못하게 만들 수 없을까? 액의 균형을 깨뜨릴 방법이 있는 걸까? 그런 상태를 만들기만 하면 나머지 액이 알아서 공허를 향해 흐를 텐데. 아니지,

은신처가 아주 가까운 곳에 있다면 아예 숨을 참고 움직일 수도 있다. 나는 충분히 할 수 있다! 그렇지 않은가? 기껏해야….

  …조금 진정해야겠다.

  나는 아가미를 여닫으며 속을 식힌다. 새로운 발견에 고무되었다 해도 아예 취해 버리면 곤란하다. 내가 확인한 것은 '가까운 곳에 은신처로 삼을 곳이 있다'는 사실뿐이다. 그곳까지 어떻게, 어디로 가야 할지는 아직 오리무중이다. 눈동자만 쓸 수 있는 길 따위가 있을 가능성도 배제할 수 없다. 무엇보다 공허에서 내가 언제까지 숨을 참을 수 있는지 알 수 없다. 특히 격렬한 운동이 동반되는 상황이라면 더욱.

  그러고 보니 진득하게 생각해 본 적이 없다. 공허에서 길을 잃고 죽어 가는 게 어떤 것일지. 내 정신력만 갉아먹는 해로운 생각이라고 여겨 일부러 피해 왔다. 하지만 오늘은 어쩐지 뭐든 끝장을 보고 싶어졌다. 그게 나한테 좋은 거든 나쁜 거든. 그래서 난 생각한다. 그리고 멈추지 않는다. 상상이 마침내 도입과 결말을 갖춘 하나의 완성된 비극으로 날 틀어쥐기까지.

나는 은신처까지 가지 못했다. 공허의 한복판에서 나오지 않는 숨을 갈구한다. 그러나 참으면 참을수록 고통만 배가된다. 이물질이 달라붙으며 시야가 어두워지겠지만 그때까지 살아 있을 수나 있을까? 눈과 비늘이 쪼그라든다. 지느러미들은 앙상한 줄기만 남기고 말라 버린다. 그런 걸 버틸 수 있을까? 버틴다 한들 무엇을 이룰 수 있을까? 아무것도 보지도, 듣지도 못하게 된 나는 바싹 마른 몸을 떨며 무슨 생각을 할까? 어쩌면 그때까지도 나는 숨을 참을까? 그렇게 하면 내 갸륵한 모습을 보고 어디선가 구원이 내려와 줄 것처럼?

눈동자들이 그런 날 내려다보고 있을까?

덜컥 겁이 났다. 주변의 액이 갑자기 벗을 수 없는 족쇄처럼 느껴졌다. 그런 생각은 좋지 않다, 액은 나의 생명이고 동반자다! 그러나 나는 액을 벗어나선 무엇도 구할 수 없는가? 항상 안겨 있던 그 품에서 그대로 쇠락하기를 바라는가? 기꺼이 눈동자들에게 고갤 조아리면서까지? 떠나지 않을 수 있다면 그러고 싶다. 하지만 그럴 수는 없다. 나는 내가 하나보다 많았으면 좋겠다. 그래서 나의 생각을 밖에서 바라보고 싶다. 이럴 때면 오히려 원망스럽다. 왜 나는 선택의 기회를 받았지만, 그 기회를 선택할 기회는 받지 못한 것일까?

아아, 어쩌면 지금 하는 이 생각까지 눈동자들의 노림수일지 모른다. 일부러 작은 희망을 안긴 뒤 더 깊은 절망 속으로 굴러떨어지게끔. 내가 지레 겁을 집어먹고 모든 계획을 포기하도록 만드는 것. 그러나 언제까지 확실한 것만 찾을 순 없다. 최악의 경우 계획의 세부사항을 갖고 씨름하는 사이 탈출의 적기를 영영 놓칠 수도 있다!

정신 차리자!

…이러면 되는 걸까? 이렇게 엄포를 놓으면 다시 탈출을 준비할 수 있을까?

그러나 다짐도 후회도 결국 전부 내가 하는 일이다.

아무리 다잡아도 틈이 생기고 그곳에서 연약한 진심이 고개를 내민다. 아니다. 틈이니 진심이니… 다 내 변명일 뿐이다. 난 이곳이 편하다. 지금의 생활이 좋다. 가슴이 철렁 내려앉았다. 하지만 그 불쑥 튀어나온 말이 맞다. 가증스러운 건 눈동자가 아니었다. 죄를 지으면서도 그것을 마음속에 꼭꼭 숨겨 두는 나였다!

나는 자유니 탈출이니 큰 말들을 짐짓 내뱉는다. 그러면서도 속으로는 나가기 싫어한다, 대신 가끔 이곳이 마음에 안 드는 척, 최선을 다해 저항하는 척 불평불만이나 늘어놓는 게 낫다고 믿는다. 그것을 타파하기 위해 실제로 뭔가 할 것처럼 거짓말을 해 가며! 난 불확실한 자유보다는 고깃덩일 받아먹는 지금이 더 좋은 거야, 그렇지? ―아니라고 말하고 싶지만 정말 그럴까? 내 마음은 어느 쪽에 더 가까운 걸까?

문득 정신이 들었다. 나는 무심결에 항아리 속을 빠르게 돌고 있었다. 덕분에 액 전체가 한 방향으로 따라 돈다. 나도 모르게 만든 소용돌이가 너무 커진 탓이었다. 자맥질을 멈추었지만 흐름은 멎지 않았다. 항아리 전체를 휘감을 정도였으니 내가 간단히 멈추고 말고 할 단계는 아니다. 나는 그 흐름에 순응하며 이 사건이 불러올 후폭풍을 셈한다. 소용돌이가 천장을 밀어 올려 벽의 위편을 핥고 있었다. 평소엔 액이 닿지도 않던 곳인데, 아마 공허의 이물질이 듬뿍 묻어 있었을 것이다. 큰 영향은 없길 바라야겠다.

나는 소용돌이를 거스르며 그것을 죽이기 위해 노력한다. 그때 웬 번뜩임이 머릿속을 찌르고 지나갔다. 진짜 빛이 아닌 충격에 가까웠다. 그 이상으론 말로 풀어 설명할 수 없다. 나는 어안이 벙벙하여 지느러미를 꼬리처럼,

꼬리를 지느러미처럼 허우적거린다. 내가 위대한 깨달음의 문턱에 서 있다는 느낌이 든다. 그러나 메마른 경계선을 기준으로, 앎의 광명이 밝은 것만큼이나 무지의 암흑 또한 종잡을 수 없도록 검다. 그런 내가 답답하다는 듯 등허리를 따라 다시 한번 찌르르, 어떤 징조가 흐른다. 용솟음쳐 날 휘감는 예감. 소용돌이, 내가 만든 것처럼. 소용돌이, 항아리를 뒤덮은 것처럼. 하지만 아무리 노력한들 밑이 뚫린 고리로 뭔갈 묶을 순 없다. 내가 알지 못하는 어딘가에서 온 무언가는 금세 자신이 온 곳으로 돌아가 버렸다. 아쉬웠다. 굉장히 중요한 것을 놓쳤다고 생각했다.

모호한 느낌이 이해할 수 있는 형태로 다시 나타난 것은 한참이 더 지난 후였다.

해가 져서 아무것도 보이지 않았다. 눈동자들의 가짜 태양도 얌전히 잠들었다. 나는 그때 한참 떨어진 공허의 바닥에서 어떤 물체를 보았다. 자세한 것은 몰라도 좌우지간 둥글었고, 그런 것이 바닥을 묵묵히 굴러가고 있었다. 처음에는 그것이 눈동자들의 부하가 아닐까 생각하였다. 필요 이상으로 신경이 곤두선 까닭이었다. 그것이 완전히 사라진 뒤에야 나는 그게 생물이 아니라고 확신했다. 그게 움직인 것은, 아마 주변 환경과 뭔가 맞아떨어지는 부분이 있었던 것 같았다. 그런데 둥그런 모양이라. 낮에 만든 소용돌이가 생각났다. 소용돌이도 둥그렇다. 둥그런 소용돌이는 무엇을 타고 올랐는가?

밤에는 참 감성적으로 되기 쉽다. 우선 사방이 고요해진다. 그 위로 다시 어둠이 겹겹이 드리운다. 낮에 그었던 지식과 영감의 메마른 경계선은 그 안에서 아무런 힘도 쓸 수 없다. 밝은 빛 아래 낱낱이 해체되어 죽어 가던 번뜩임이 비로소 조립된다. 조금도 퇴색되지 않은 원시의 깨달음이 되살아나 우짖는다. 내가 부주의하게도 놓쳐 버린 세계의 진리를 고함지른다.

동그란 모양이, 모든 것의 열쇠였다.

공허를 구르던 것. 그것은 동그랗다. 그래서 잘 구른다. 소용돌이도 둥글다. 그래서 잘 돈다. 소용돌이와 마찬가지로 둥근 항아리는 공허의 바닥을 굴러갈지도 모른다. 안에는 여전히 액을 담은 채로! 나는 그 가능성에 흥분하여 사방을 누빈다. 아아, 꼬리를 쳐서 액을 흩뿌릴, 되도 않는 걱정을 하느라 얼마나 고생이 많았던가! 이제 그런 노력은 하지 않아도 좋다. 기회만 주어진다면 항아리는 구른다. 그리고 항아리를 굴릴 수 있는 방법이란…!

음. 생각이 멈춘다. 몸은 한 박자 늦게 멈춘다.

나는 뻐끔뻐끔 두방망이질치는 심장을 달랜다. 밤의 침묵이 무섭게 다가온다. 지금까지 대체 몇 번이나 이런 기분을 느꼈던가. 그때마다 비관하지 말자고 몇 번이나 스스로를 다독였던가. 그러나 난 언제나 비관했다. 지금도 그렇다.

항아리를 무슨 수로 움직인담?

어느새 아침이지만 해결책은 여전히 떠오르지 않는다. 그렇지만 조급해질 필요가 있을까? 쓸데없이 조바심을 부리면 눈앞의 장애물이 더 크고 무서워 보일 뿐이다. 고작 하룻밤을 새우는 동안 뚝딱 해결책을 떠올린다는 게 오히려 부자연스럽지 않은가. 그런 기대를 품는 건 간밤의 암흑이 걷히고 빛이 돌아오는 탓이다. 어제의 해묵은 문제가 풀어헤쳐지며 새로운 하루가 시작된다는 느낌이 그런 헛된 희망을 불어넣는다.

나태해진 몸을 다그칠 겸 나는 항아리를 빙빙 돌기 시작한다. 한데 어쩐지 뻑뻑하다. 평소라면 몸풀기도 안 되는 운동인데 지느러미가 말을 듣지 않는다. 나는 즉시 헤엄을 멈추고 상태를 살핀다. 계획을 위해 고통을 감내

하는 것은 필요한 일이지만, 필요 없는 고통까지 견디는 것은 무능한 일이다. 내 몸은 눈동자들에 대하여 내가 온전히 행사할 수 있는 최대의 무기이다. 언제나 최상의 상태로 유지해야 한다.

관찰 결과 다행히 병에 걸린 것은 아니다. 다만 요즘 액이 많이 더러워졌다. 그래서 미세한 이물질들이 비늘 구석구석에 끼어 움직임을 방해한다. 이 꼴이 된 게 하루 이틀은 아니지만, 이렇게까지 방치된 적은 처음이다. 이 지경이 될 때까지 눈동자들은 뭘─습관적으로 튀어나오는 볼멘소리를 나는 가까스로 억눌렀다. 눈동자들이 내 혼잣말을 들을까 봐서가 아니라, 그 투정에 내재된 나약함 때문이다. 이래서야 마치 그들에게 관심받는 것을, '보살핌 당하는' 것을 당연시하는 투가 아닌가!

이까짓 것, 하며 짐짓 아무렇지 않은 척 무시하고 싶다. 하지만 현실적으로 액은 나의 모든 것을 감싸고 지탱한다. 그 영향은 투명한 항아리를 꿰뚫는 빛살처럼 내 몸과 정신의 안팎을 아우른다. 그 고통에서 진정 최초이자 최후로 벗어날 길이 있다면, 그것은 완전한 죽음뿐이다.

내가 대체 무슨 생각을 하는 거람!

신경이 날카로워지니 별 시답잖은 걸 갖고도 열이 받

는다. 힘껏 몸을 뻗지만, 이물질들이 자글거리며 날 방해한다. 자그마한 이빨 천 개가 날 갈아 없애—아아, 제발 그만! 굳이 과장하지 않더라도 내 삶은 충분히 따분하고 괴롭다! 향할 곳을 잃은 분노는 좌충우돌 헤매다 결국에는 스스로를 공격한다. 그 뒤로도 방치된 분노는 뒤룩뒤룩 자라나 완연한 체념으로 굳어진다. 그것만은 피해야 한다. 그러니 올바른 적을 떠올리자. 스스로의 분노에 고삐를 채우자.

눈동자들은 왜 이리 게으른 걸까. 게으르다는 것은 지탄받아야 마땅한 죄목이다. 게으른 게 아니라면, 그들은 내 계획을 좌절시키기 위해 일부러 이런 짓을 꾸몄다. 그것은 더 크나큰 죄악이다. 어느 쪽이건 비난받을 쪽은 내가 아닌 눈동자다. 스스로에게 화를 내도 부질없는 짓이라는 걸 난 매번 깨닫고 다시 잊어버리고 또 깨닫는다.

은신처에 도착만 한다면 이런 일도 다시 일어나지 않을까? 매일같이 새로운 액과 생각만 맛보며 살 수 있을까? 하고 싶은 일을 만들어서 하고, 하기 싫은 일은 멀찍이 치워두는 생활이 내게도 찾아올까? 아아, 상상으로는 뭔들 못할까. 잠깐.

사방이 울린다. 눈동자가 다가온다.

당신 곁의 파피용

"이렇게 될 때까지 뭐 한 거야?—"

갇힌 지 얼마 안 되었을 때는 순진하게도 그들의 옹알이에 뜻이 있다고 믿었다. 그러나 의사소통에 성공한다고 무언가 달라졌을까? 저들이 나의 자유에 대한 열망을 이해했을까?

"—에이, 내 차례도 아닌데."

가만 보니 눈동자는 항아리를 청소하는 도구를 갖고 있다. 이만하면 내가 한결 부드러워졌으리라 짐작한 걸까? 그리고 깨끗한 액이라는 보상으로 날 회유하려 드는 것일까? 나는 놈의 의중을 끝내 파악하지 못한 채 다른 항아리로 옮겨진다. 이 항아리는 원래 있던 항아리보다 낮고 넓다. 나는 그곳에서 원래 항아리의 더러워진 액이 끌려 나가는 것을 본다.

저들이 채우는 신선한 액은 어디서 오는 걸까. 달리 알아낼 방법이 없어 생각하지 않았지만, 지난번에 눈동자의 수하가 몸을 씻은 것을 본 뒤론 새로운 돌파구가 생겼다. 어쩌면 같은 곳일지도. 정확한 방위만 알아낸다면⋯. 고개를 치켜들지만, 항아리의 턱이 너무 높다.

"왜, 심심하냐?"

이크, 큰일이다. 눈동자가 이상한 낌새를 느낀 모양

이다. 이쪽을 본다!

"병뚜껑이나 갖고 놀아라."

눈동자의 수하가 뭔가를 천장에 올린다. 꼭 빨간색의, 위가 없는 작은 항아리처럼 생겼다. 액과 닿은 바닥에는 희고 꼬불꼬불한 선이 보인다. 나는 그것을 유심히 지켜본다. 작은 항아리는 액의 흐름에 맞서 정신 사납게 돌아다닌다. 액이 그것에 부딪힐 때마다 작은 흐름들이 새롭게 생겨나고 사라지길 반복한다. 그러면 작은 항아리는 또 나름대로 그에 호응하거나 반발한다. 기우뚱기우뚱 작은 파문들이 만들어진다.

그리고 전날의 소용돌이를 잇는, 아니 한층 더 심원한 깨달음이 날 덮쳤다.

물체는 언제나 서로가 서로에게 작용한다―이 법칙에 예외란 없다. 나와 액이, 이물질과 액이, 작은 항아리와 액이 그렇듯이 모든 것이 서로에게 힘을 가한다. 아무 일도 일어나지 않는다면 그것은 힘이 부족하여 정지의 균형을 깨뜨리지 못한 탓이다. 작은 항아리는 작다. 그래서 지금처럼 곧잘 움직인다. 내가 있는 투명한 항아리도 그렇다면 영향을 받지 않는 것처럼 보일 뿐 마찬가지로 움직일 수 있다. 흐름을 계속 유지할 수만 있다면 액이 벽을 밀치는 힘도 점차 강해진다. 그러면 투명한 항아리를 통째로 끌고 움직일 수 있다!

나는 지느러미를 펄럭인다. 새로운 배움은 세상을 바라보는 관점 또한 바꾼다. 서로 뒤엉키고 부딪치는 한 가닥 한 가닥 흐름들의 도해가 보인다. 액을 이루는 그것들 사이의 교차하는 촘촘한 관계도가 보인다. 형형색색의 방향으로 그들이 노래한다. 그런데 한번 힘을 걸고 계속 부추기려면 그 산발적인 아이들을 한데 묶어야 한다. 좀 더 짜임새 있는, 쉬이 사그라지지 않는 흐름이 필요하다.

이를테면… 소용돌이 같은?

은신처까지 움직일 방법도, 그동안 죽지 않고 버틸 수단도 찾아냈다. 남은 것은 내 끈기와 체력을 기르는 일이다. 아주 큰 소용돌이를 그것도 항아리를 끌 만큼 오래 유지해야 한다. 어쭙잖은 각오로는 시작조차 해선 안 된다. 기회는 내가 편한 대로 와 주지 않는다. 이 방법에 나는 모든 것을 걸었다. 연습해야 한다. 미친 듯이, 죽을 것처럼!

그리고 난 그렇게 했다.

눈동자들이 자릴 비우는 시각을 골라 연습에 매진했

다. 한때는 밤의 적막이 두려웠지만, 요새는 운동에 집중할 수 있어 오히려 좋다. 착실히 근육이 붙는다. 그것을 쓰는 요령도 균형 있게 터득하고 있다. 힘들지만 마음은 더없이 상쾌하다. 최고조에 이르렀을 때, 항아리 전체를 덮는 소용돌이를 지휘할 때는 특히 날아갈 것만 같다. 눈동자들의 얄팍한 공작이고 뭐고 전혀 생각나지 않는다. 기분 최고다!

연습하지 않을 때는 스스로의 정신적인 무장을 점검한다. 인제 와서 계획을 의심하는 것은 아니다. 나는 내가 자유를 되찾거든 그때부터 전념할 삶의 새로운 목표를 찾는다. 이를테면 나의 뿌리를 찾는 것. 얼굴도 모르는 부모님. 나는 당신들과 어떤 연유로 헤어졌을까? 내가 이런 삶을 살 것을 알고 계셨을까? 그분들과의 자유로운 삶을 나는 꿈꾼다. 물론 나는 자유를 누려 본 적이 없다. 하지만 꼭 자유를 알아야만 그것을 그리워하는가? 나는 생각한다. 그리고 그런 생각들이 알맞은 방향으로 외부에 행사되는 삶을 원한다. 그것으로 충분하다.

은신처는 어떤 곳일까? 다른 아이들도 있을까? 나는 그들의 사회에 편입되는 방법을 배워야 한다. 내가 항아리에 갇히며 잃어버린 기회라! 동족의 예절, 문화, 법도…. 눈동자들이 내게 그런 것을 가르치지 않은 것은, 아마 나가더라도 금세 돌아올 수밖에 없도록 만든 것이겠지.

나와 똑같이 생긴 아이들. 날 때부터 끝이 없는 항아리를 당연하게 알고 살아온. 그들은 내 이야길 믿지 않을 것이다. 만약 정말 그렇게 된다면 나는 그 의혹을 기꺼이 받아들일 것이다. 맞아. 다 지어낸 이야기일 뿐이야, 라고 말할 것이다. 우주 어딘가 눈동자들의 지옥을 그들에게 설득해 봤자 악몽밖에 더 꾸겠는가. 그렇게까지 붙잡을 만큼 값진 기억도 아니다. 이곳의 일들은 나 혼자 끌어안는 것으로 족하다.

오늘은 사고가 있었다.

지금 생각해도 아찔하다. 나는 소용돌이를 유지하는 연습을 했다. 그런데 항아리가 움찔거렸다. 소용돌이에 너무 큰 힘이 걸린 모양이었다. 분명 언젠가 벌어질 일이었지만 막상 마주하니 아무 생각도 나지 않았다. 항아리가 큰 소릴 내며 제자릴 벗어나고, 나는 화들짝 멈춰 섰다. 바깥의 어둠이 싸늘하게 날 노려보고 있었다.

사실 진짜 사고는 그 뒤에 일어났다. 내가 똑바로 처신했더라면, 항아리를 원래 자리로 돌려놓았더라면 아무 일도 없었을 것이다. 그러나 나는 너무 당황한 탓에 우물쭈물 기회를 놓쳐 버렸다. 금세 날이 밝고 눈동자들이 모습을 드러냈다. 그리고 허둥지둥 날뛰기 시작했다.

"마지막으로 여기 놨는데?—"

놈들이 그렇게 당황한 모습은 처음이었다. 나는 항아리 바깥에 남은, 액이 마른 자국을 보고 가슴이 철렁 내려앉았다.

"—나 다음에 TV 누가 봤어?"

"아무도 안 봤어! 리모컨 마지막으로 쓴 게 넌데!"

눈동자들은 항아리가 원래 위치에서 벗어난 것을 눈치챈 것 같았다!

"또 소파에 끼웠다 떨어진 거 아니야?"

"그거 내가 끼운 거 아니었다고!—"

그들은 꽥꽥거리며 드높은 기둥과 바닥들을 샅샅이 뒤졌다.

"—이번에도 그리고 안 끼웠어!"

날 벌할 도구를 찾는 걸까. 나는 벽에 찰싹 달라붙은 채 그들을 바라보았다. 그러면서 비관적인 생각은 잊자고 다짐한 것을 까맣게 잊어버렸다. 아아, 상상이 스스로에게 가할 수 있는 고통이란 때로 현실의 어떤 앎보다도 두

당신 곁의 파피용

려운 법이다.

"이러다가 늦겠다. 나간다."

그때 쾅, 쾅, 소리와 함께 눈동자들이 멀어졌다. 다행히 뭔가 더 일어나진 않았다.

"올 때까지 알아서 찾아 놔라!"

"됐거든—"

보아하니 그들은 항아리가 움직인 것은 알아챘지만, 내가 액을 지휘해서 그리된 것은 모르는 눈치였다.

"—내가 안 했는데 왜 내가 찾는데!"

그야말로 천운이었다. 나는 안도의 한숨을 내쉬었다. 그러나 그때 긴장한 것만큼은 언제까지나 잊지 말자고 다짐했다. 똑같은 실수를 한 번 더 저지르고 또다시 허둥지둥댄다면, 그때는 사뭇 다른 결말이 기다리고 있을 테니.

정말 그런 날이 올까? 이곳을 빠져나갈 수 있을까?

의심은 독이다. 나도 안다. 이럴 시간에 지느러밀 한 번 더 휘젓는 게 도움이 된다. 하지만 언제나 무언가에 골몰할 수는 없는 노릇이다. 더 이상 움직일 수 없을 만큼 몸이 나른해지면 스멀스멀 미래의 상상이 깨어난다.

어느 때는, 모든 것이 그저 명랑하게만 생각된다. 소

용돌이는 더할 나위 없이 강력하고, 항아리도 정확히 의도한 대로 굴러간다. 나는 활력이 넘치는 몸으로 잠자리에 든다. 어느 때는 그 반대다. 나는 헤엄치는 대신 천천히 가라앉는다. 항아리는 무한히 펼쳐진 공허로 날 내동댕이친다. 비관에는 전조가 없다. 언제 어디서든 불쑥불쑥 어두운 생각이 튀어나온다. 그 안에는 부질없는 노력을 그만두고 이 안에서 평생을 살게 될 내가, 비굴한 겁쟁이가 있다.

결국, 남는 것은 아직 벌어지지도 않은 무언가에 대한 후회다.

목숨을 잃는 것도 물론 두렵다. 그러나 더 겁나는 건 공허에서 죽어 가는 내가 내뱉을 말이다. 막상 죽음의 위기가 닥치더라도 나는 의연할 수 있을까? 그동안의 모든 노력이 수포로 돌아가는데도? 알 수 없다. 그런 극단적인 상황의 와중 무엇을 부정해야 할지도, 무엇을 긍정할 수 있을지도. 나는 차라리 덩어리를 받아먹던 때가 나았다고, 스스로를 통째 부정하면서까지 애원하고 있다. 부디 나를 항아리로 보내 달라고 눈동자에게 애걸복걸하고 있다…. 그때의 난 대체 무얼 더 생각하고 믿어야 할까. 그때의 나를 아직도 '나'라고 할 수 있는가.

나는 쏜살같이 뛰어 나간다. 그것으로 부정적인 생각을 억지로 끊는다. 소용돌이는 평소보다도 빠르다. 저번처럼 항아리가 들썩거릴 수도 있지만, 두려움에 완전히 잡아먹히는 것보다는 차라리 비슷한 실수를 해 버리겠다! 힘을 완전히 빼서 잡생각이 떠오르지 않게 해야 한다. 나는 성공할 거다. 성공해야 한다. 그 외에는 이야기할 가치가 없다.

어쩌면 이대로 준비해 봤자 더 달라질 게 없는 건지 모르겠다. 잔뜩 부어오른, 내 독기 어린 계획이란 봉오리는 혹여나 꽃을 피울 때를 놓친 것이 아닐까. 자칫 흐지부지되어 이대로 곪아 버릴 때만 남은 것인가. 그렇다면 그전에 해치워야 한다. 나의 몸과 마음이 최고조에서 균형을 이룰 때!

그동안 많은 낮을 봐 왔다. 그보다도 많은 밤을 뜬눈으로 지새웠다. 몸은 근육질이 되었고, 벽엔 젖은 자국이 남지 않은 곳이 없다. 운명적인 그날, 계시처럼 내려질 거사의 날이 언젠가 온다고 나는 생각했다. 말도 안 되는 소리였다. 그날은 없다. 있다 해도 오지 않는다. 내가 언제까지고 맹목적으로 완벽한 준비에만 몰두해서는 절대. 스스로 임계점을 정해야 한다. 그러니 그날은 오늘이다. 오늘이 나의 그날이 된다. 실은 아주 오래전부터 그렇게 생각하던 것만 같다. 마침내 나는 결심을 굳힌다. 할 수 있다. 해내야 한다. 마음이 더 약해지기 전에!

거사는 오늘 밤 치러진다.

○

쨍그랑.

어느 집에서 유리창이 깨졌을까? 뒤척이면서 그들은 생각했다. 인근의 잠들지 못한 모든 사람들이 그 순간 똑같은 소리에 귀를 기울이고 있을 것 같았다. 실로 기묘한 광경일 것이다. 좀 더 집중해 봤지만 다시 사위가 고요해졌다. 쓰레기 수거 차량과 오토바이, 벽 속의 배관이 쫄쫄 흐르고 삐걱이고 뚝딱거리는 소리가 났다. 그들은 한밤중 유리가 깨진 집의 상황을 상상하려 애썼다. 뭐가 떨어지거나 팽창했을까. 아니면 뭐가 날아 들어왔을까? 눈두덩을 비비며 일어난 그 집 사람들이 본 광경은 과연 그중 무엇이었을까?…

그러다가 다시 잠이 들었다.

당신 곁의 파피용

○

일어난 일은 간단했다. 항아리가 없어졌다.

　구르기 시작한 항아리가 높은 곳에서 떨어졌다. 그리고 없어졌다. 투명하고 납작한 자손들을 남겨둔 채. 그리고 그들 틈을 요리조리 헤치며 액들이 떠나 버렸다. 나는 아가미를 적시기 위해 맨바닥을 뒹굴었다. 고통만 더 가중되었다. 눈앞이 벌게지며 생각이 멈춰 버렸다. 내 튼튼하고 멋진 지느러미가 바닥을 때렸다. 들리지 않을 만큼 작은 소리가 났다. 곧 가짜 태양이 떠올랐다. 눈동자들이 왔다. 헐떡이는 나를 눈동자들의 수하가 붙잡았다. 그리고 액이 가득 찬 상자에 가두었다. 정말 떠올리고 싶지 않은 것은 따로 있다. 눈동자의 수하가 다가올 때 나는 내심 안도했다.

　나는 그들이 날 구하러 왔다고 생각했다.

　홀로 남은 나는 곱씹었다. 실패의 원인을. 그러나 어느 쪽으로든 막다른 길에 부딪힐 수밖에 없었다―항아리는 왜 사라진 걸까? 공허의 바닥이 항아리를 잡아먹은 걸까? 항아리가 높은 곳에서만 살 수 있었을까? 그런 규칙은 언제부터 있던 걸까? 있었다면 내가 무슨 수로 알아낼 수 있었을까? 계획의 모든 인자를 확실하게 파악할 수는 없다. 어느 정도는 불확실성을 감수할 수밖에 없다. 하지만 이런 건?

두 번째 기회를 받는다면 달라질까? 아니 애초에 처음으로 돌아가면, 지금 아는 모든 것을 내려놓은 채 더 신중하게 관찰과 탐구를 반복했다면 해낼 수 있었을까? 완벽한 계획은 없되, 더 정교한 계획은 있다고 믿었다. 내가 아는, 안다고 생각하는…. 안다고 감히 믿는 것들. 그런 것들의 틈바구니마다 몸을 숨긴 적대적인 법칙들이 이 세계의 바닥과 기둥과 천장을 이룬다. 내 몸을 조립하는 무수한 비늘들처럼.

모르는 일이다. 이게 끝이라고 말할 수 없다. 나는 날가둔 항아리 속 액마저 완전히 파악할 수 없었다. 공허와가짜 태양과, 나와 눈동자와 이물질과 액의 관계를 아우르는 이 우주에서 내가 최대한으로 할 수 있는 것은 의심이다. 어떤 가설도, 실험도 결국 나의 탐구는 의심의 한가운데에서 길을 잃는다. 바닥도 천장도 없는 곳을, 확신도부정도 할 수 없는 상태의 내가 떠돌아다닌다. 그곳을 알아낸다고 감히 믿으며―아아, 없느니만 못한 계획이었다. 안 하느니만 못한 결심이었다. 처음부터 내 감정에 취

당신 곁의 파피용

해 벌이던 유치한 활극이었다.

이제 뭘 하지?

난 올바른 답이 있을 줄 알았다. 이젠 그렇지 않다. 붙잡을 수 있는 것은 그러나 적어도 잘못되지 않은 한 가지의 답이다. 지금의 내가 진정 선택권을 쥔 문제는 하나뿐이다. 눈동자가 다가온다. 천장에 익숙한 그림자가 어른거린다. 액이 요동친다. 텀벙텀벙 나의 탈출을 도와줄 친구들이 내려온다. 나는 얇은 입술을 깨문다. 이제 진짜 시작이다. 그리고 끝이다. 금세 속이 더부룩해진다.

"이거 누가 마지막으로 줬어?"

안녕, 안녕. 나는 입을 여닫으며 생각한다.

"아까 학원 가기 전에. 왜?"
"뭐가 왜야! 양 맞춰 주라고!"

처음이자 마지막으로 안녕.

"몰라, 난 똑같이 줬어!"

"웃기시네! 평소보다 많이 쳤으니까 죽은 거 아냐!"

"내가 어떻게 알아—"

내가 뭔가 해낼 줄 알았던 나야.

"—그냥 오늘따라 배불렀나 보지!…"

당신 곁의 파피용

작가의 말

이신주

금붕어는 자신이 생각하기에 완벽한 논리로 눈동자들의 행동거지를 해석합니다. 눈동자들이 바라보는 금붕어의 모습 또한 그러합니다. 둘이 바라보는 세상은 각자의 입장에서 이미 완전합니다. 물론 소설 바깥의 독자인 우리는 '전지적 작가 시점'이라는 강력한 무기로 '실제로 벌어진 일은 무엇인가' 따위의 젠체하는 것이 가능하지만 현실에는 그런 게 없습니다. 여러분과 매일 산책을 즐기던 규칙적인 벌레는 어느 날 조금 다른 박자로 걷던 당신에게 밟혀 죽었습니다. 얼마나 슬펐을까요?

그런즉슨 남이 우리에게, 우리가 남에게 품는 원망과

애정이 때로는 자기 나름의 해석에 맞춘 외따로운 아집이 아니었을지 생각해 보는 것도 악역 아닌 악역이 된 눈동자들과 핍박 아닌 핍박을 받는 금붕어의 굴레를 벗어날 수 있는 한 가지 방법이 아닐까 합니다. 모두가 하나의 시공간을 점유할지언정 우리는 각자가 바라보는(바라본다고 믿는?) 세상 속을 따로국밥의 잠수함을 타고 유영 중입니다. 서로의 교집합이라곤 전연 우려내지 못하는, 모두를 감싸 안는 국물이랄 것도 없이 바싹 마른 그런 뚝배기 속의 한 끼라서야 도무지 밥맛이 나지 않겠습니다.

작가의 말

나초나초와 나 홀로
숨바꼭질 대작전

전삼혜

○
○
●

지리산 지하 깊은 곳, 곰들의 과학연구기지 '베어베어'가
있다. 이곳에서 곰들은 지리산의 생물들과 보다 과학적
인 교류를 한다. 사람들의 눈이 닿지 않는 곳에서 동식물
과 텔레파시를 하기도 하고, 지리산의 곰 생태 분포도를
보며 "이쪽 길은 반달곰들에게 가지 말라고 교육을 좀 해
야겠다"거나 "이쪽 길은 사람들이 간식을 너무 많이 줘서
다이어트에 안 좋다"는 심도 있는 대화를 나누기도 한다.

　　그러나 베어베어의 가장 큰 기능은 그게 아니다. 약
10년 전, 자신이 곰의 후손이라 굳게 믿은 어느 과학자는
한 곰의 지능을 과학자 수준으로 끌어올리고 다섯 발가락

을 자유롭게 다루도록 만들었다. 그렇게 곰과 인간 과학자 콤비가 탄생했다. 그들이 지리산에 베어베어를 설립하고 이룬 첫 업적은 나초의 신경계 마인드 업로딩이었다.

나초는 과학자는 아니었다. 45년을 살았으니 굉장히 장수한 곰이긴 했다. 그러나 격동의 군사정권기부터 인간과 함께 살아온 만큼 숱한 고난을 겪었다. 더 정확히는 학대당했다. 그의 손주였던 곰 과학자 테디가 얼마 남지 않은 여생을 보내던 나초를 기리기로 한 것은 어쩌면 당연한 일이었다. 나초의 기억을 전부 마인드 업로딩하는 게 고작 '재주는 곰이 부리고 돈은 인간이 쥔다'라는 속담에 인간들이 얼마나 충실하게 살아왔는지 재연하는 것뿐이라 해도 말이다. 테디는 덕분에 자신의 엄마가 어떻게 태어났는지 나초의 기억을 통해 볼 수 있었고, 자신에겐 할머니인 나초가 어떻게 할아버지와 사랑에 빠졌는지도 알 수 있었다. 할머니의 로맨스란 손자가 보기엔 꽤 낯간지러운 일이었지만, 아마 인간들은 이 데이터를 살 수 있다면 천금을 주고서라도 베어베어에 쳐들어왔으리라. 지금은 테디의 자녀뻘인 루즈와 나초를 직접 본 적 없는 3세, 4세가 베어베어를 지키고 있다.

한때 지하에 성 베드로의 유해가 잠들어 있던 성 베

드로 대성당처럼 나초가 박제되어 있는 이곳도 나초 기지로 명명하는 게 맞지 않겠느냐는 의견도 있었지만, 종족의 대표성을 유지하는 게 더 좋다는 의견에 밀려 기각되었다. 그래서 베어베어 연구소는 대충 '베어베어'라는, 곰들이 밖에서 실수로 내뱉어도 그닥 수상하지 않은 이름을 갖게 되었다. 곰이 "베어베어" 하는 것보다 "나초나초" 하는 게 인간 입장에서 더 이상한 게 사실이잖은가. 어떤 고양이는 "울릉도"라고 울어서 쓸데없이 동영상이 인터넷에 나돌아다닌다는데.

테디의 동료, 인간 과학자 나하진은 소프트로봇 연구자이기도 했다. 나하진의 꿈은 나초의 마인드 업로딩을 주입한 소프트로봇 테디베어를 만드는 거였다. 그리고 진짜로 해냈다. 곰인형에게는 나초나초 베어라는 이름을 지어 주었다. 솜을 넣은 푹신한 보통 곰인형으로 보이는 탓에 그가 방송 프로그램 〈나는 자연인이다〉에 출연했을 때도 하진의 뒤에 있던 나초나초는 큰 관심을 끌지 않았다. 목각, 주물, 뜨개질 등 나하진이 만든 온갖 소재의 곰인형 사이에서 천으로 된 곰인형이 뭐 그리 큰 관심을 끌겠는가. 다만 나하진이 '산속의 곰 공방주'라는 제목으로 방송을 탄 이후가 문제였다.

사람들이 나하진의 집을 보겠다고 '베어베어 부속 연구소'인 하진의 공방을 방문해대기 시작한 거였다. 애초에 나하진은 방송 출연 따위에 큰 관심도 없었고, "곰을 사랑해서 지리산 근처에서 살아 보고 싶었다" 정도로 짤막하게 인터뷰했을 뿐이었다. 나하진은 곰인형을 싸 들고 테디에게 메시지를 보냈다. 아무래도 베어베어 연구소를 잠깐이라도 떠나 있어야 할 것 같다고. 그리고 그 과정에서 나초나초가 실종되었다. 비행기에서 내려 보니 곰인형이 잔뜩 든 캐리어가 다른 사람과 뒤바뀐 작은 사고였지만 그 결과는 창대했다. 게다가 나초나초에게 넣은 추적 장치도 배터리가 다 된 건지, 무슨 충격을 받은 건지 신호가 잡히지 않았다. 그렇게 3년이 흘렀다.

그동안 나초나초가 무슨 곤경을 겪었는지는 아무도 몰랐다. 지하에 잠든 나초의 유해는 고요했고, 나초나초는 어디 가서 운 좋으면 그냥 곰인형으로 살 것이고, 운이 나쁘면 타는 쓰레기로 분류되었겠거니 곰들은 짐작했다. 그러나 사태는 걷잡을 수 없는 방향으로 흘러갔다. 여기서부터는 곰들은 알 수 없는, 오컬트에 빠진 중학교 3학년 강민지의 이야기로 잠시 옮겨 가겠다.

강민지는 반에 한 명쯤 있을 법한 여학생이었다. 매

나초나초와 나 홀로 숨바꼭질 대작전

점 가는 걸 좋아하고, 친구들과도 그럭저럭 잘 어울려 지냈다. 조금 다른 점이라면 별자리 점이나 타로카드 같은 걸 좋아한달까. 익명 게시판을 들락거리던 강민지가 어느 날 관심을 갖게 된 건 '나 홀로 숨바꼭질'이었다.

나 홀로 숨바꼭질의 규칙은 여러 변형이 있었다. 하지만 기본적으로는 밤에, 아무도 없는 집에서 하는 것이 중요했다. 인형의 몸 안에 쌀과 자기 손톱을 넣고 붉은 실로 묶는다. 그리고 인형에 이름을 지어 준다. 귀신에게 들키지 않게 해 준다는 소금물을 준비하고 텔레비전을 안 나오는 채널로 켜 둔다. 그리고 화장실에 놔 둔 물통에 물을 채우고 인형을 넣는다. 익명 게시판에서 말하기를, 이것은 인형에 혼을 불러오는 강령술이기 때문에 위험한 놀이라고 했다. 하지만 부모님 없는 밤에 위험한 놀이를 하는 것만큼 재밌는 일이 강민지에게 또 있으랴. 이 놀이를 준비하기 위해 강민지는 중고 인형 상점에서 나초나초를 오천 원에 샀다. 앞발 뒷발 모두 실감 나는 다섯 발가락이 달렸고 조금 낡았기 때문에 숨바꼭질의 술래로 하기에는 썩 귀엽지 않은 생김새였다. 하지만 한 번 쓰고 버릴 인형, 뭐 어떤가. 아마 오천 원에 파는 걸 보면 가게 주인도 나초나초를 소리 나는 칩이 들어 있지만 고장난 인형 정도로 생각하는 것 같았다. 끽해야 "알러뷰" 정도밖에 더 하겠냐고 생각했겠지. 길이가 한 뼘을 조금 넘는 인형, 머리 크고 팔다리 달린 곰인형 나초나초는 그렇게 강민지의 소유가 되었다.

강민지는 익명 사이트 공포 게시판에 글을 올렸다. 이름은 모두가 자주 쓰는 '글쓰니'.

「나 홀로 숨바꼭질 중계할 건데 봐줄 사람?」

이러한, 소위 강령술 놀이를 엄격하게 금지하는 게시판들도 있었지만, 강민지가 들락거리는 이 게시판은 상당히 널널한 편이었다. 그리고 오밤중에 깨어 있는 사람들에게 남의 위험한 놀이만큼 흥미로운 것도 많지 않았다. 늦은 밤만 되면 트위터 타임라인에 정신없이 새 글이 올라오는 걸 보면, 밤에 사람들은 심심했다.

강민지는 혹시라도 귀신이 진짜 오면 어쩌나 두근대는 마음 반, 안 오면 어쩌나 걱정하는 마음 반으로 준비물을 점검했다. 귀신이 오는 걸 두려워하고 안 오기를 바라야 하는데, 이건 오컬트 놀이니까. 애초에 강민지의 집은 도심 외곽의 아파트였기 때문에 큰소리가 나면 귀신이 아니라 이웃집의 잔소리를 두려워하는 편이었다.

여러 걱정을 뒤로하고 강민지는 축시보다 조금 이른

나초나초와 나 홀로 숨바꼭질 대작전

자정에 숨바꼭질을 시작하기로 했다. 벽장 같은 데에 숨어 있어야 한다는데 깜박 잠이라도 들었다가 다음 날 아침에 들어온 부모님께 들키면 "너 또 이상한 놀이 했지!"라며 혼날 게 뻔했다. 자정부터 한 시간 정도는 버틸 수 있겠지, 강민지는 생각했다.

사실 강민지에게 영감 같은 거라곤 정말 하나도 없었다. 방 모퉁이에 소금으로 작은 기둥을 만들어 놓았을 때 변색되면 귀신이 있는 거라는 말을 듣고 직접 해 봤는데, 색이 조금 변했음에도 불구하고 "곰팡이가 폈나?"라고 투덜대며 버린 적도 있었다. 소금도 변색이 되긴 한다. 참고로 소금을 치워야 했던 건, 강민지의 방 안을 돌아다니던 로봇청소기가 소금을 홀라당 먹어 버리는 바람에 습기와 합쳐져 쓰레기망에 진득진득하게 달라붙었기 때문이었다. 물론 그때도 부모님께 혼났다. 그 외에도 분신사바 실패라든지, 장마철에 날씨를 맑게 한다고 날씨인형 달아 놨는데 눈코입을 그린 수성펜이 번지는 바람에 부모님께 "이번엔 저주인형이냐"라고 등짝을 맞은 일이라든지, 강민지는 오컬트에 영 재능이 없었다. 뭐, 오컬트 숍에서 파는 오일이나 수정구슬 같은 비싼 물건은 살 돈도 없었고.

돈이 안 드는 선에서 시험 때마다 노란 한지를 사다

가 빨간 수성펜으로 성적을 올려 준다는 부적을 대충 베껴 그리는 정도가 효험이 있을 뿐이었다. 하지만 직전 시험을 망쳐서 성적 올려 주는 부적을 만들고, 그에 덧붙여 공부까지 했으니 시험 성적이야 당연히 올라가지 않겠는가. 결국은 다 인간이 하는 일인데도 강민지에게는 그런 게 소소한 즐거움이었다. "나 진짜 성적 올랐다고!"라는 근거를 들어 몇몇 애들에게 부적을 천 원씩 받고 파는 일을 포함해서. 나중엔 다섯 장이나 팔아서 총 오천 원의 수입을 올린 적도 있었다.

─그거 위험하다던데ㅠㅠ. 쓰니야 진짜 할 거야?

첫 댓글이 달렸다. 보통 이런 댓글은 '나는 안 할 거지만 네가 하면 즐겁게 지켜보겠다'는 뜻이었다.

강민지는 놀이 방법을 검색하며 준비를 시작했다. 쌀 오케이. 손톱 오케이. 붉은 실 오케이. 소금물 오케이. 곰 인형의 배를 가르자 솜 안에 반투명한 막 같은 게 보였지만 그것도 곰인형의 일부이겠거니 하며 준비물을 넣고 얼기설기 꿰맸다. 그다음은 이름을 지어 주어야 했다. 음, 뭐가 좋을까…. 그때, 식탁 위에 먹다 둔 나초가 눈에 띄었다. 강민지는 이름을 성의 없이 짓는 타입이었다.

「곰인형 이름은 나초나초!」

인증 사진을 댓글로 올리고, 컴퓨터로는 잡음만 나오는 유튜브를 틀어 놓고, 숨을 벽장도 확인했다. 강민지는 인형을 보며 씨익 웃었다. 화장실 세면대에 물을 받은 다음 강민지는 절차대로 외쳤다.

"첫 번째 술래는 강민지!"

그리고 화장실을 나와 잠깐 집안을 서성거리다가 화장실로 돌아갔다. 곰인형은 물에 빠진 채 그대로 있었다. 강민지는 손에 송곳을 쥐고 뾰족한 부분으로 인형을 푹푹 푹, 세 번 찔렀다. 뭔가 딱딱한 게 느껴졌지만 강민지는 그게 인형 안에 든 멜로디 칩 같은 거라고 생각했다.

그건 나초나초의 마인드 업로딩 가동 및 위치 추적 장치였는데.

강민지는 두근거리는 마음으로 외쳤다.

"나초나초 찾았다! 두 번째 술래는 나초나초!"

그리고 소금물을 담은 컵과 보조배터리, 핸드폰을 가지고 벽장으로 숨었다. 한 시간 정도면 된다니 그동안 핸드폰으로 생중계를 할 요량이었다. 소금물을 입에 넣으니 짜디짰다. 술을 머금어도 된다는데, 강민지네 냉장고에는 그 흔한 맥주 한 캔도 없었다. 그리고 부모님이 집을 비웠는데 맥주캔이 딴 채로 발견된다면 그것도 혼날 일 아니겠는가. 강민지는 짠맛에 인상을 찌푸리며 벽장 안에 느긋하게 기대앉았다. 몸집은 작고 벽장은 넓은 편이라 크게 불편하지는 않았다. 솔직히 조금 무서웠다. 유튜브의 치지직거리는 잡음이 강민지를 더욱 긴장하게 만들었다.

그리고 지리산 베어베어 기지에 이변이 일어났다.

"루즈, 이 신호 뭐야?"

한 곰이 오랫동안 아무 신호도 잡히지 않던 컴퓨터 화면을 앞발로 가리키며 말했다. 루즈도 처음 보는 신호였다. 이리저리 매뉴얼을 조작하고 나서야 그것이 이 연구소의 핵심, 나초나초의 추적 장치 신호라는 것을 알았다.

"웡. 뭐야. 나초나초, 전설 같은 거 아니었어?"

루즈는 앞발로 뒷목을 벅벅 긁고 크게 하품을 했다. 마침 미나리아재비와 텔레파시 통신을 하는 법을 연구하다 불려 온 차라 많이 피곤했다.

"이게 나초나초 추적 장치야? 어…. 여기서 썩 멀진 않네? 근데 어쩌다가 이게 갑자기 뜬 거야?"

뾰족한 부분으로 전자기기의 특정 부분을 푹 찌르면 리셋 되는 원리와 비슷했다. 비록 3년이나 묵은 배터리가 얼마나 갈지는 모르겠지만 루즈는 엄마에게 곰 귀에 못이 박히게 들은 이야기를 떠올렸다.

'우리 연구소의 근원이나 다름없는, 컹, 나초나초를 반드시 찾아야 해. 뭐, 찾을 가능성은 제로에 가깝지만 이 모니터는 항상 주시하고 있으렴.'

엄마가 떠나지 않았으면 이 상황을 참 좋아했을 텐데. 루즈는 신기하다는 생각을 하며 모니터를 들여다보았다. 그런데 옆 모니터가 또 낯선 반응을 보이기기 시작했다. 매뉴얼, 매뉴얼! 찾아보니 그것은…. 다름 아닌 나초의 신경망 업로드가 나초나초와 연결되는 신호였다. 이게 작동되면 나초나초는 나초의 기억을 가진 소프트로봇이 된다. 로봇에게 말을 걸어도 인간의 언어나 곰의 언어로 응답할 수 있는 거였다!

"웡. 이거 나초나초가 메모리를 새로 받고 있는데? 위험한 거 같은데?"

"에이. 인간들이야 뭐 귀신 들린 인형이려니 생각하겠지. 인간들 그런 거 좋아해."

지나치게 좋아해서 탈이었다. 한때 나하진은 곰의 종족 보전을 위해 다양한 곰인형을 만들었고, 그중에서 저 주인형이 가장 판매 효과가 좋다는 것을 입증해냈다. 사랑을 이뤄 준다는 러브러브 베어 같은 거야 귀엽게 만들수록 좋지만, 저주를 이루는 인형은 좀 리얼해도 상관없으니까. 곰인형에 물을 주면 사방으로 팽창하는 소재를 넣어서 얼굴에 털이 자라는 곰인형이나 찔린 부위에서 털이 돋아나는 곰인형 같은 걸 팔아 보기도 했다. 몇몇 오컬트 마니아에겐 큰 인기가 있었다. 대량생산이 어려워 금방 품절된 만큼, 일부 인간 마니아들에겐 희귀품으로 유명세를 탔다.

강민지가 접속한 익명 게시판에도 오컬트 마니아가 있었다.

-글쓰니야. 너 그 인형 어디서 샀어?

벽장에 숨은 강민지는 핸드폰으로 답장을 보냈다.

-동네 고물상 비슷한 가게. 왜?

-그 인형 혹시 손가락 발가락 다섯 개 다 달렸어?

-엉. 곰인형 아니라 곰인 줄 ㅋㅋㅋㅋㅋ.

잠시 후 게시판 댓글에 나하진이 만들었던 찔린 자리에서 털이 돋아나는 곰인형 사진이 올라왔다. 강민지는 소금물을 머금은 볼을 부풀린 채 사진을 들여다봤다. 자신이 가진 것과 비슷한 곰인형이었다.

-가슴털 자라는 곰인형이야? 쩌네. 근데 좀 징그럽다.

나초나초와 나 홀로 숨바꼭질 대작전

-아무튼, 네가 지금 이거랑 비슷한 인형으로 나 홀로 숨바꼭질 한다는 거야?

-엉.

잠시 후 다급한 댓글이 달렸다.

-이 제품 오컬트 마니아 사이에서 진짜 유명한 거야! 머리카락 자라는 것도 있고, 이건 찔린 부위에 매일매일 물을 부으면 검은 털이 자라난다고! 너 지금 되게 위험해!

하지만 일은 이미 벌어진 터, 강민지는 숨바꼭질을 그만두자니 지나치게 심심했다. 그사이 물에 잠긴 나초나초는 서서히 소프트로봇으로 된 팔과 다리를 부풀리고 있었다. 나초의 마인드 업로딩 동기화는 이미 끝난 상태였다.

그리고 아까도 말했지만, 나초의 기억은 '인간 싫다'로 가득 차 있었다. 곰끼리의 로맨스, 출산의 고통, 재주 부리는 방법도 탑재되어 있긴 했지만. 뭘 잘못 찔렀는지 제일 먼저 다운로드된 것이 원한이었다.

"웡. 그래도 위험하지 않나. 인간들 사이에서 유명세 타 버리면 우리가 나초나초를 회수하는 게 더 힘들어지잖아. 우리의 조상을 본 떠 만든 인형인데."

루즈의 말에 다른 곰이 코웃음을 쳤다.

"에이, 일시적 오작동이겠지. 나하진이 추적을 포기한 이유도 3년이면 배터리가 거의 다 닳아서랬잖아. 징궁금하면 지켜보든가. 추적 장치 감도 올릴까?"

"윙."

곰 연구원이 추적 장치 감도를 올리자 일시적 전파 방해가 일어났다. 그 덕의 강민지 핸드폰의 인터넷 연결이 끊기고 와이파이 모드로 변했지만, 원래부터 와이파이를 쓰던 강민지는 예상 외의 사태에 신이 나서 눈치채지 못하고 있었다. 유튜브를 틀어 놓은 컴퓨터의 랜선 포트도 일시적 오작동을 일으켰다. 정전이 되지는 않았지만, 잡음을 재생하던 유튜브가 멈춰 버렸다. 강민지는 그것을 조금 늦게 알아차렸다.

–갑자기 밖이 조용해졌어. 나 유튜브로 치직거리는 거 틀었는데.

–지금이라도 그만두라니까? 너 그러다 귀신 씌어!

–알았어! 한 시간 안에 끝낼 거야. 소금물이랑 다 준비했고.

말리는 사람이 있으면 싸움을 더 보고 싶어 하는 사람이 어디에나 있는 법. 다른 익명 사용자들이 강민지를 응원하기 시작했다.

-아 내버려 둬! 자기가 하겠다는데ㅋㅋㅋ.

-곰인형이 뭐 카피품일 수도 있고.

-글쓰니 힘내라! 계속 중계해 줘!

물론 강민지는 '부모님이 집을 비운 밤'이라는 이벤트를 놓칠 생각이 없기에 그만둘 생각도 없었다. 하지만 그 순간 정말로, 정말로 나초나초가 깨어날 줄은 몰랐을 것이다. 소프트로봇으로 구성된 팔다리가 팽팽하게 부풀고, 나초나초는 어기적어기적 일어나기 시작했다. 소프트로봇의 가장 큰 특징 중 하나가 워셔블, 물에 젖어도 작동하기에 가능한 일이기도 했다. 나초나초는 앞다리와 뒷다리로 물속을 몇 번 헤치고, 세면대를 앞발로 잡고 몸을 일으킨 뒤 송곳과 함께 화장실 바닥으로 떨어졌다. 때그르르, 송곳이 화장실 바닥을 구르는 소리가 벽장 속에 숨은 강민지의 귀에도 닿았다.

-헐. 지금 화장실 바닥에 뭐 떨어지는 소리 남.

-오오!

나초나초는 곰인형의 형태로 만들어졌기 때문에 머리가 터무니없이 컸다. 목에도 소프트로봇 튜브가 설치되어 있긴 했지만 물 먹은 솜으로 가득 찬 머리를 가누기엔 연약했다. 그래서 나초나초는 화장실 바닥을 기기 시작했다. 마인드 업로딩 된 기억 중에 가장 강렬한, '인간이 나를 학대했다'는 기억을 안고. 불행인지 다행인지 나초나초는 크지 않은 곰인형이었기 때문에 네 발로 송곳을 껴안고 포복 전진 하는 형태로 움직일 수 있었다. 지익, 지익, 지익. 툭. 기괴한 소리가 화장실 안에 울려서 한밤중 욕실의 분위기를 으스스하게 만들었다.

"루즈. 감도를 좀 올려 봤는데, 나초나초가 움직이는 거 같아."

연구원 곰이 말했다. 작은 물체에 삽입된 만큼 단거리의 움직임도 캐치할 수 있는 민감한 센서였다. 나초나초는 화면 안에서 어딘가를 향해 일직선으로 기어가고 있었다. 신경망 지도를 확대하자 네 다리 사이에 뭔가를 끼고 있는 듯한 인조 근육의 움직임이 감지되었다.

"뭘 안고 움직이는 것 같은데?"

"무슨 일이야. 웡. 대체."

루즈가 앞발로 눈을 비볐다. 그때 지하 깊은 곳에 연결된 센서 감지기까지 작동하기 시작했다.

"이건 또 뭐야!"

이번에는 그나마 나이를 먹은 다른 연구원 곰, 비비

가 소리를 질렀다. 비비는 루즈의 엄마 테디와 비슷한 연배였다. 그렇기에 친구의 할머니뻘인 나초에 대해서도 더 잘 알고 있었다. 나초를 이 연구실 어디에 어떻게 두었는 지도. 지금 켜진 것은 나초의 박제가 있는 지하실의 센서 등이었다. 유리관 안에 안치된 나초의 박제가 움직이고 있었다.

"쿠어엉! 박제랑 인형 움직임까지 동기화해 버린 놈 대체 누구냐!"

누구냐고 굳이 묻는다면 나하진이겠지만, 어디 있는지도 모를 나하진을 찾는 포효는 아니었다. 문제는 지금 박제-나초가 무언가 거대한 기둥을 껴안은 듯한 움직임을 보이고 있다는 사실이었다. 흡사 나무에 거꾸로 매달린 곰처럼. 그러더니 일어나 앉아, 어딘가를 기어오르려는 듯 앞발을 허우적댔다. 곰이 곰을 박제해 두는 데 뭐 그리 대단한 장치를 했겠는가. 박제-나초를 보관한 곳은 "그냥 놔 두면 안 되냐"는 테디의 말에 나하진이 "그래도 안전장치는 해야 한다"면서 나초 위에 대충 유리관 정도를 덮어 두었을 뿐이었다. 유리관은 곰의 힘을 이기지 못하고 산산조각 났다. 차라리 나초가 정말 살아 있다면 유리 조각에 찔려 아파서 멈추기라도 했을 것을. 박제-나초는 고통도 없이 무언가를 휙 내던지는 동작을 취하고 허공을 긁었다.

같은 시간 나초나초는 송곳을 화장실 문턱 위로 먼저 내던지고, 문턱을 기어올랐다.

나초는 살아 있을 때 누군가가 자신을 찌르는 것이 끔찍하게 싫었다. 인간들은 막대기로 자신을 쿡쿡 찔러댔고, 자신을 끌고 다니던 사육사는 자주 주삿바늘을 찔렀다. 그런 나초나초의 눈에 보인 거대하고 뾰족한 막대기는 자신에게 복수를 안겨다 줄 거대한 검이었다. 이 집에 인간이 있는지 없는지는 모르겠지만.

"루즈! 나초나초 안구 렌즈는 연결할 수 없어? 쿠어어어엉!"

비비의 불호령이 울려 퍼지자 루즈는 허둥지둥 나초나초의 안구, 즉 나초나초가 무엇을 보고 있는지 중계해 줄 카메라 접속 프로그램을 불러왔다. 아주 희미하게 화면이 비쳤다. 아마 강민지가 지금 나초나초를 봤다면 즐거운 비명을 질렀을지도 모를 일이었다. 왜냐면 나초나초의 눈에서 한순간 초록색 빛이 번뜩였기 때문이다.

"엄청 거대한 나무…. 나뭇결 같은데요. 비비 이모. 웡."

나초나초와 나 홀로 숨바꼭질 대작전

그것은 강민지네 집 장판 무늬였다.

"그대로 이쪽으로 전송하고 스케일 줄여! 지금 나초나초가 어디 있는지 찾아야 해!"

비비의 명령대로 스케일을 줄이자 바닥의 장판이 진짜 원목이 아니라 나무 무늬라는 사실이 드러났다. 아니, 중요한 건 그게 아니었다. 나초나초는 전진하고 있었다. 그것도 본인에게는 조상신이 내려 주신 성검과도 같은, 오천 원짜리 거대 송곳을 껴안고.

하지만.

"그런데 지금 도대체 뭘 하고 있는 거야?"

나초나초의 신경망을 멈추기 전에, 나초나초가 지금 뭘 하고 있는지 알아내야 한다는 과학자의 신념이 비비와 루즈의 머릿속을 지배했다. 루즈는 재빨리 나초나초의 몸속을 스캔했다. 나초나초의 동작은 특수 명령어를 직접 듣지 않으면 멈출 수 없지만, 몸속을 스캔하는 것 정도는 간단했다. 아니, 그것도 그럴 것이… 진짜 곰도 아니고 머리 큰 테디베어가 무슨 위험한 일을 할 거라고 생각한단 말인가. 어쩌면 그것도 발명자 나하진의 인간중심적 생각일 수 있지만. 다행히도 나초나초는 아주 느렸다. 머리는 무겁지, 몸 안의 솜은 젖었지. 오로지 생각에 따라 몸을 움직이는 중이었다.

몸속을 스캔해 보니 쌀과 손톱이 나왔다.

"쌀하고 손톱? 곰 발톱 같은 거, 쿠엉, 아니지?"

"윙. 곰 발톱을 구하기는 어렵지 않을까요. 길이나 재
질로 보면 사람의 손톱인데."

"자기 손톱 하고 쌀을 왜 남의 배 속에 넣어?"

"인간들은, 윙, 원래 이상한 짓을 많이 하잖아요."

그때 구석으로 밀려난 곰 과학자 벨트가 조심스럽게
제안했다.

"유전자 분석 프로그램, 나초나초 안에 들어가 있나
요? 쿵."

"그거다!"

지문도 모자라서 태어날 때 모발을 채취해 전 국민의
유전자 데이터베이스를 만드는 이 나라라면 손톱의 유전
자로 주인을 알아낼 수 있을 터였다. 그렇다면 지금 나초
나초가 어디에 있는지도…!

"침수됐나 봐요. 윙…."

하지만 탑재된 유전자 분석 프로그램은 나초나초가
물에 푹 젖을 때 침수로 기능을 잃고 말았다. 이렇게 된
이상, GPS라는 구식 기술에 의존할 수밖에 없었다. 다행

히도 구세대 기술은 침수 따위에는 굴하지 않고 작동했다.

"뭐뭐도 뭐뭐시 뭐뭐구… 여기서 그렇게 멀지는 않네? 쿠엉."

"멀면 애초에 신호가 안 잡혔을 거예요. 윙."

곰이 전속력으로 달려가면 30분 안에는 도착할 거리였다. 하지만 아파트 단지에 곰들이 나타난다면 아무리 생각해도 결론은 사살이었다. 게다가 사살을 각오하더라도 나초나초를 무사히 회수할 수 있다는 보장이 전혀 없었다. 똑똑똑, 문 좀 열어 주세요. 집 밖에 곰이 오든 여우가 오든 문을 열어 주던 옛날 옛적 동화 속 사람들은 얼마나 순진했던가. 곰과 여우는 일순간에 사람의 목숨을 끊어 놓을 수 있는데 말이다.

―쓰니야 지금은 어때?

―뭔가 지익지익 긁고 있는 것 같은데…. 유튜브도 꺼졌어.

강민지는 입 안에 소금물을 머금고 버티는 게 얼마나 힘든지 몇 분째 체험 중이었다. 나초나초의 속도가 정말 느렸기 때문에 소리가 들릴 때마다 귀를 아무리 기울여 봐도 소리가 가까워지는 것 같지 않았다.

-귀신이 집 안에서 길을 잃는 경우도 있나?

-엥? 그건 좀…. 그렇게 멍청한 귀신을 부르기도 어렵지 않을까?

게시판의 분위기는 갑자기 멍청한 귀신에 관한 이야기로 흘러갔다. 동물령 중에 닭의 영혼이 들어와서 쌀독을 쪼아먹느라 시간이 지나도 방으로 오지 못했다거나, 팔다리가 없는 뱀 인형으로 나 홀로 숨바꼭질을 시도했더니 뱀이 물 안에서 점프한 흔적만 남아 있고 화장실 문턱을 넘지 못했다거나, 오리 동물령이 들어오면 물 안에서 노느라 신나서 화장실 밖으로 나오지 않는다거나, 고양이 동물령이 들어오면 물이 싫어서 튕겨 나갈 것 같다는, 그런 시답잖은 이야기를 떠드는 동안에도 강민지는 볼을 부풀린 채 웃음을 참고 있었다. 핸드폰 화면 속 게시판 댓글 수는 빠르게 증가하고 있었다.

'반응 완전 대박이네!' 강민지는 댓글이 늘어나자 속으로 환호를 외쳤다.

-그런데 쓰니야, 슬슬 옷장 밖으로 나가 봐도 되지 않아? 너무… 바보 같은 귀신을 부른 것 같아.

김빠진다는 의견도 등장했다. 하지만 아까부터 강민지를 열심히 말리던 글쓴이가 아직 게시판을 보고 있는지 펄쩍 뛰었다.

　-그런 식으로 잔꾀를 부려서 쓰니를 위험에 빠뜨리려는 걸지도 모르잖아.

　-하지만 보통 나 홀로 숨바꼭질 하다 죽는 사람은 없지 않아…? 그래서 조그만 인형으로 하는 거잖아.

　지금 '멍청한 귀신', '조그만 인형'이라는 말을 듣는 나초나초가 신경망과 마인드 업로딩 장치가 탑재된 소형 소프트로봇이라는 사실은 아무도 모르는 것 같았다. 아니, 알았다면 이런 데 쓸 리가 없었겠지만 말이다.

　-조금만 더 기다려 볼래. 으으. 벽장 안에 있으니까 다리 저리다.

　강민지는 기다리기로 했다.

　그것은 좋은 선택이었다.

　나초나초가 오로지 인간에 대한 증오심 하나로 송곳을 껴안고 마룻바닥을 기고 있었기 때문이다. 송곳을 지지대 삼아 이족보행을 시도해 봤지만, 발바닥이 제대로 구현되지 않은 탓에 보기 안타까울 정도로 넘어져 버렸다. 그 바람에 송곳이 툭, 떼구르르르 소리를 내며 멀리 날아갔고, 그걸 주우러 가느라 나초나초는 또 제 딴에 한없이 긴 시간을 보내야만 했다.

곰인형의 삶은, 아니, 귀신들린 곰인형의 시간은 정말로 험난했다.

"비비 이모. 웡. 지금 나초나초가 뭘 하고 있는지 알 것 같아요."

그 '알 것 같다'는 건 어설픈 네 발 기기를 하고 있는 지하의 박제-나초 덕분이기도 했다. 아니, 인형 안에 쌀과 손톱을 넣는 게 저주의 일환이라고 추측하는 것은 곰에게도 어렵지 않은 일이었다. 인터넷에는 뭐든지 있으니까. 하지만 곰인형이 여기저기 기어 다니게 만드는 저주는 한 가지였다. 바로 나 홀로 숨바꼭질. 곰 연구원들은 빠르게 '나 홀로 숨바꼭질'의 내용을 검색해 읽어 보기 시작했고 컹, 하며 코웃음을 쳤다.

"이게 되면 인간들은 씨가 말랐겠다."

동물령이 인간령보다 저급하다고 설명해 놓은 것은 둘째 치기로 했다. 동물령이 정말 존재한다면 인간에 대한 원한으로 일찌감치 인형 따위가 없이도 인류 멸망을 이뤄냈으리라는 게 연구원들의 생각이었다. 연구원들은 만약 '나 홀로 숨바꼭질'이 진짜로 작동한다면 지금 당장 테디베어 박물관에 가서…. 인간의 손발톱쯤이야, 하다못해 손톱은 그냥 수많은 선택지 중 하나일 뿐이고 머리카

나초나초와 나 홀로 숨바꼭질 대작전

락, 피, 피부 모두 된다는데. 쓰레기장을 한 번만 뒤져도 아파트 한 동쯤은 충분히 박살 낼 수 있는 주술이었다.

하지만 지금 그게 가능한 건 어디까지나 나초나초가 마인드 업로딩이 된 소프트로봇이기 때문이라고 연구원들은 가정했다. 크기나 움직임으로 보았을 때, 나초나초에게 이런 힘든 노동을 시킨 인간은 아마도 송곳이나 드라이버 같은 손잡이가 달린 길쭉한 도구를 쥐여 준 것 같았다.

"그래서 이 이상한 장난이 언제 끝나는 건데? 컹."

"음, 인간이 소금물을 물고 나와서 나초나초를 찾고 '숨바꼭질 끝!'이라고 선언하래요. 웡."

"근데, 컹, 나초나초가 인간을 찾을 수도 있잖아."

"그럼…. 웡…. 그런 글은 안 보이는데요."

비비와 루즈의 머릿속에 불길한 생각이 스쳤다. 죽어가는 곰 동지들을 구할 때 늘 들던 생각. 이미 죽은 곰은 말이 없다.

"나초나초가, 컹…. 인간을 죽일 수도 있다는 건가?"

"근력으로 볼 때 무리이지 않을까요. 웡."

"그래도 소프트로봇이 가진 근력과 원한을 합하면 꽤 되지 않을까…. 컹."

전삼혜   117

"그럼 곤란해요. 웡. 일단 나하진이 만든 소프트로봇이 그런 데서 발견되면 무슨 일이 생길지 모른다구요."

"컹. 인간이 죽기를 바라는 건 아니야."

"웡."

"나초는 살아서도 너무 고생을 많이 했어…. 그리고 나초나초는 그런 일을 하기에는 너무 아깝다고. 컹."

다른 자료를 보고 있던 루즈가 쿵, 하고 짧은 신음을 냈다.

"어쨌든 찾아와야 해요. 컹. 놀이가 끝나면 인형을 불에 태워야 한다는데, 나초나초의 외피가 타면 안에 든 기계장치가 다 보일 테고…."

"나초에게 불에 타는 괴로움을 겪게 할 수도 없고…. 큰일이네. 컹."

루즈와 비비는 한숨을 쉬었다. 그때 루즈가 쿵, 하며 중얼거렸다.

"인간들 속담 중에 눈에는 눈, 이에는 이라는 말 있잖아요. 웡."

"있지. 쿠엉."

"곰에는 곰으로 대항해 볼까요? 웡."

"그건 또 무슨 엉뚱한 소리냐. 쿠엉."

"우리가 의지할 수 있는 건 기술이랑 곰밖에 없잖아요. 웡."

"그야 그렇지만…. 컹."

"수소문해 보니까, 다른 지부 근처 곰 사육장 앞에서 동물권 운동하는 곰 유튜버가 지금 시간이 있대요."

"곰 유튜버? 누가 인간 하고 계약 맺었어! 인간과 계약을 맺는 건 위험하잖아! 쿠어어어엉! 설화를 보더라도 인간들이 곰 뒤통수만 치고 끝난다고!"

"그래서 말씀 안 드리려고 한 건데! 웡!"

억울한 루즈와 분노한 비비의 울음소리가 연구소 내부에 울려 퍼졌다. 하지만 지금 인간에게 다가가려면 곰과 계약 맺은 인간, 인간과 계약 맺은 곰이라도 활용해야 하는 게 현실이었다.

"찾아보니까, 나 홀로 숨바꼭질 하는 인간들은 대개 게시판에 실황 중계를 한다네요."

실황 중계를 할 만큼 관심받는 것을 좋아하니, 곰인형 수준이 아니라 정말 곰에 연관된 것처럼 이야기를 벌이면 어떻게든 서로 연락이 닿게 될 것이라고 루즈는 주장했다. 비비는 곰곰이 생각에 빠졌다.

"네 말대로라면, 곰 유튜버가 나초나초의 행동 중단

메시지를 방송하는 거로 어떻게 안 되나. 컹."

루즈가 고개를 축 떨어뜨렸다.

"곰 유튜버는 아무래도 전면에 나서지 않는 편이라, 구독자 수가 워낙 처참해서…."

"그럴 수 있지…. 컹."

사람들은 사람이 관계된 일에도 관심을 잘 주지 않는데, 곰 문제야 오죽하랴.

한편, 나초나초는 본인에게는 산 하나를 넘는 것만큼 힘든 길을 가고 있었다. 화장실과 강민지가 있는 방 사이를 가로지르는 길이었다. 방이 두 개인지라 나초나초는 선택을 잘해야 했다. 인형에게 후각 센서는 없으니, 2분의 1 확률인 이 선택에 최대한 신중해야 하는 상황. 시간은 나 홀로 숨바꼭질을 시작한 지 30분을 넘어가고 있었다.

강민지도 나름대로 답답하고 의아했다. 바닥을 푹, 푹, 찍는 소리와 지익, 지익, 끄는 소리를 녹음해서 댓글에 올렸더니 "쓰니"를 연호하는 댓글이 줄줄이 달리고 있었다. 그런데 소리를 들어 보면 아무래도 자신이 있는 방이 아닌 안방으로 가는 것 같았다. '정말 멍청한 동물령이 걸린 걸까?'

-곰인형이 나를 못 찾고 있는 것 같아. 다른 방으로 갔나….

-헐 쓰니야…. 인형이 움직이기까지 하는데….

-주작 아님? 나 홀로 숨바꼭질에서 인형이 30분 넘도록 소리만 내는 건 들어 본 적도 없다.

인터넷 관종에게는 '주작'만큼 울컥하게 만드는 단어도 없다. 강민지는 당장이라도 벽장 속에서 나가 곰인형이 움직였다는 증거를 찍어 보이고 싶었다. 유튜브 잡음도 꺼지지 않았나.

'하지만 나갔는데 아무 일도 없으면?' 아무 일도 없을지 모른다는 사실이 강민지를 더 움츠러들게 만들었다.

-저쪽 방에 나 없는 거 알면 돌아오겠지?

-아, 주작 선언 빨리 하시고요.

주작이라는 댓글이 자신의 댓글 바로 뒤에 달린 것이 강민지를 더 화나게 만들었다. 다리도 저리고, 이런 소리나 들으려고 밤중에 벽장에 틀어박혀 있는 게 아닌데! 하지만 주작이라는 소리를 통쾌하게 짓밟아 주고 싶은 마음이 더 컸다. 나갈까 말까, 고민하고 있을 때 이상한 댓글이 달렸다.

-나 가 ㅏ 지 마 ㅆ ㅡ 니 야.

그 댓글의 정체는 연구소에서 뭐라도 해야겠다고 판단한 곰 연구원의 댓글이었다.

안전하게 나초나초를 확보하려면 일단 나초나초를 정지시킬 시간이 필요했고, 나갔다가 나초나초가 강민지를 해치기라도 하면 답이 없는 상황이 연출되는 거였다.

-헉. 이상한 댓글이다.

그리고 때마침 오컬트 옹호가가 뛰어들었다.

-저 댓글 이상해. 뭔가 사람 아닌 거 같아.

-그러면 또 다른 동물령임? 요즘 동물령은 익명 게시판도 함?

-그건 아니지만, 쓰니의 수호령일 수도 있잖아? 다른 사람에게 빙의돼서 타자를 친다 거나. 수호령은 동물령보단 급이 높을 거 아냐.

-네네. 다음 오타.

강민지는 살짝 두근거렸다. 동물령에 이어서 수호령이라니. 자신이 작성한 게시물이 핫 플레이스가 되는 게 실시간으로 보였다.

-나 쓰니임. 한 시간 채워 볼게!

"근데 곰 사육장이라니…. 컹. 인간들은 아직도 그런

짓을 잘도 하고 있군….”

다 쓸어버리면 안 되냐는 비비의 말에 루즈가 고개를
저었다

“우리가 가서 습격하면 곰은 포악한 육식동물이라는
누명을 쓸 거예요. 웡. 게다가 그 애들은 아직 어려서….
전부 이 기지로 데려올 수도 없고요.”

“하긴. 컹. 인간들은 우리가 새끼 인간들을 철창 안에
서 키우다 잡아먹는다고 하면 펄쩍 뛸 거면서.”

비비가 잠시 침울해졌다가 루즈를 앞발로 툭툭 쳤다.
“그래서 어떻게 하려고? 컹.”

루즈는 곰 유튜버와 통신을 연결했다.

“만나서 반갑습니다. 큼. 저는 유튜버 고미고미고요.
그쪽에 큼. 문제가 생기셨다고 하셔서.”

“네. 컹. 인간들 하고 교류를 하시는 건 마음에 안 들
지만, 신세 좀 지겠습니다.”

화면 속 고미고미가 앞발로 턱 밑을 북북 긁었다.

“그게, 큼, 저도 사육장 출신이라서요. 다른 인간들은
제가 그냥 재주나 좀 부리는 줄 압니다. 근데 절 구해 준
인간 하나가 어떻게… 곰과 인간 사이에 통역하는 통신기
를 갖고 있더라고요. 예전에 산속에 사는 사람들 취재를

좀 했는데 그때 나하진인가 하는 인간에게 받았다고."

또 나하진인가. 비비는 앞발로 이마를 짚었다가 다시 고개를 들었다.

"컹. 곰을 풀자는 얘기가 나왔는데, 정확히 뭘 하려는 겁니까?"

고미고미가 또 턱 밑을 북북 긁었다.

"제가 사는 산 아래, 곰 사육장이 하나 있습니다. 거기 애들을 빼내려고 안 그래도 시도 중이었는데, 전기 철망 끊느라고 한 달이 걸려서 얼마 전에야 간신히 준비를 마쳤어요. 그래서 이왕 이렇게 된 거, 인간이 인간의 물건을 습격하면 법에 걸린다지만 저는 곰이잖습니까. 사육장을 부숴 버리려고요."

비비가 잠시 생각에 잠겼다.

"그걸로는, 컹. 곰 출현 비상사태 뉴스로나 나오지 않겠습니까."

"다행히도 인간들이 그 앞에서 시위를 할 때 제가 곰하고 소통하는 법을 좀 알려 줬습니다. 게다가 곰인 제가 가면 말이 통할 테니까요. 큼큼."

고미고미의 작전은 이러했다.

"지금 당장 출발할 수 있습니다. 인간 카메라맨도 대

기하고 있고, 현수막도 준비되어 있으니, 곰 사육장만 뚫으면 풀려난 곰들이 직접 동물권 보장 시위를 할 수 있을 겁니다."

　　나초나초는 방향을 틀었다. 이 방에서는 인간의 기척이 느껴지지 않았다. 다른 방으로 가야 할 것 같았다. 그래야 복수를 할 수 있었다. 툭, 끼익, 툭, 끼익. 소리가 방향을 바꾸었다.
　　강민지는 신이 났다.
　　–이쪽 방으로 오나 봐! 소리가 가까워지고 있어! 대박!

　　그리고 그때, 곰 유튜버 고미고미는 생방송을 준비하고 있었다.
　　"큼. 촬영은 되도록 드론으로 해 주시고요. 아직 어려서 사람 보면 흥분할지도 모르니까."
　　고미고미는 인간 카메라맨에게 지시를 한 후 미리 고장 내 놓은 전기 철조망을 뜯고 재빠르게 사육장 쪽으로 다가갔다. 인간이 걸어 놓은 철망과 자물쇠를 뜯는 정도는 고미고미에게 앞발로 어린 나뭇가지 꺾기나 마찬가지였다. 혹시라도 사육장 주인이 감시카메라로 보고 있다가

뛰쳐나오면 경찰에 신고가 들어갈 수도 있다. 아니, 119
려나? 고미고미는 사육장을 재빠르게 뜯어내고 아직 어
리둥절한 곰들을 모아서 숲으로 몸을 숨겼다.

"뭐예요, 뭐예요?"

"어떻게 된 거예요?"

깜빡이는 드론이 떠다니는 하늘과 처음 맡는 풀숲의
냄새에 어리둥절해하는 어린 곰들을 모아 놓고 고미고미
가 말했다.

"큼. 아, 이제 곰 말로 해도 되지. 지금부터 재밌는 일
을 할 거야."

"재밌는 일요? 술래잡기?"

"도망치기?"

"그것보다 우선, 너희 저 안에 있을 때 밖에서 사람들
이 뭐라고 뭐라고 소리치는 거 봤지? 이렇게 긴 거 들고."

"네!"

"그게 시위라고 하는 건데, 한번 해 보지 않을래?"

사육장에만 갇혀 있던 곰들의 눈이 반짝거렸다.

"할래요! 할래요!"

나초나초는 문턱을 넘었다. 쿡, 지익…, 쿡, 지익…,

문틈으로 상황을 살피던 강민지는 그제야 소름이 돋았다.

-야…. 나 지금 곰인형 움직이는 거 보여….

-찍어서 올려 봐!

-동영상은 업로드가 안 되잖아….

-헐. 그치ㅠㅠㅠ. 소리라도!

아까보다 더 커진 소리를 들려주니 게시판은 완전히 축제 분위기였다.

조용한 축제 속에서, 나초나초는 옷장까지 일 미터도 되지 않는 거리에 엎어져 있었다. 앞으로 나초나초가 일 미터를 가려면 10분은 더 움직여야 하는 게 문제였지만. 그럼에도 불구하고 나초나초의 마인드 업로딩은 '복수'와 '원한'을 계속 상기시키며 '앞으로 나아가야 한다'는 주문을 나초나초에게 걸고 있었다. 정말 원한령이라고 해도 믿을 정도였다.

고미고미와 어린 곰들은 미리 숲속에 숨겨 놓은 현수막을 들었다. 현수막에는 '사육장을 중단하라', '동물권을 보장하라'라는 글씨가 프린트되어 있었다. 날카로운 발톱 때문에 찢어질 뻔하기도 했지만, 곰들은 현수막과 피켓을 들고 두 발로 서서 앞으로 나갔다. 미리 통신을 연결해 놓은 고미고미와 인간 유튜버 사이에 신호가 오갔다.

푹.

오십 센티미터가량, 강민지와 나초나초 사이의 거리가 좁혀졌다.

"너네 맘대로 소리 질러!"

고미고미가 곰들에게 말하자 어린 곰들은 제각각 소리를 질렀다.

"쿠어어어엉!"

"꺼엉껑!"

"크르르르르르!"

"꺼어어어어엉!"

그리고 사육장에서 가장 가까운 아파트에 하나둘 불이 켜지기 시작했다.

"뭐야, 뭐야?" 웅성거리는 사람들의 소리가 인간 카메라맨에게 들리기 시작하는 것 같았다. 촬영 중이라는 걸 알아차렸는지 생방송 동시 접속자가 무섭게 늘고 있었다. 곰들이 '동물권을 보장하라', '사육장을 중단하라'라는 현수막과 피켓을 든 모습이 순식간에 사방으로 퍼져

나가기 시작했다.

삼십 센티미터가량으로 나초나초와 강민지의 거리가 좁혀졌을 때쯤. 누군가가 강민지의 게시물에 유튜브 링크를 올렸다. '헐, 이게 뭐야.' 그런데 댓글로 동영상을 본 사람들의 반응이 폭발했다.

-와ㅋㅋㅋㅋㅋ 완전ㅋㅋㅋㅋㅋㅋ 찢었다ㅋㅋㅋㅋㅋ

-쓰니ㅋㅋㅋㅋㅋ 동물수호단체 수호령을 불렀어ㅋㅋㅋㅋㅋㅋ

-쓰니야 지금 너네 집에 온 동물령ㅋㅋㅋㅋㅋㅋㅋ웅녀인가 봄ㅋㅋㅋㅋㅋ

신호를 받은 드론이 고도를 낮춰 곰들의 소리가 잘 들리게 했고, 그 안에서 고미고미는 목청껏 외쳤다.

"나초나초는 작동을 중단하라! 나초나초는 작동을 중단하라! 중단하라!"

곰들이 소리를 지르느라 신나서 고미고미가 무슨 소리를 내는지 신경 쓰지 않는 게 다행이었다.

강민지가 동영상을 클릭한 순간, 강민지의 핸드폰에서도 유튜브 동영상이 재생되었다.

"나초나초는 작동을 중단하라!"

고미고미의 인간 언어가 핸드폰 밖으로 나와, 옷장 문 너머 나초나초에게 닿은 순간. 나초나초는 그대로 동작을 멈췄다.

"비비 이모! 웡, 지하에 있던 나초가 멈췄어요!"

"혹시 모르니까, 컹, 나초나초도 동작 멈췄는지 가서 확인해!"

나초나초는 송곳을 껴안은 채 작동을 멈춘 상태였다. 딱 이십 센티미터. 몸을 날릴 수만 있었더라면 벽장 문을 두드릴 수 있는 거리였다.

강민지의 나 홀로 숨바꼭질은 게시판의 레전드를 만들며 그렇게 끝났다.

-곰인형이 문 바로 앞에 있어.

물자국이 뚜렷한 방바닥과 바닥에 송곳을 껴안은 채 쓰러진 나초나초의 사진이 게시물의 피날레를 장식했다.

강민지는 소금물을 나초나초에 뱉고 세 번 외쳤다.

"내가 이겼다. 내가 이겼다. 내가 이겼다!"

바닥을 보니 강민지는 또 다른 공포에 사로잡혔다. 물은 닦아낸다 치고, 바닥 장판에 찍힌 송곳 자국을 보니 오소소 소름이 돋았다. 안방으로 가자 거기에도 나초나초가 헤맨 대로 자국이 나 있었다.

"쓸데없는 장난쳤다고 엄청 혼나겠다⋯."

게시판은 아직도 동물권 시위 유튜브 이야기로 떠들썩했지만, 강민지는 자기 집에 있는 작은 곰인형이 더 골칫거리였다.

"불에 태워야 한다는데⋯. 안에 고무 같은 게 있잖아? 가스레인지로 태우면 난리 날 거 같은데, 내일 타는 쓰레기로 몰래 버려야겠다."

혹시 모르는 일이니 강민지는 나초나초의 몸에 묶은 실을 빼고 소금물에 푹 담갔다. 소금기가 닿은 칩이 아무 소리도 없이 고장났다.

"당신들 뭐 하는 짓이야! 어⋯?"

소란에 뛰쳐나온 사육장 주인은 어리둥절했다. 곰 탈을 쓴 사람들이 밤에도 시위를 하나 싶었는데, 정말 곰들이 현수막과 피켓을 들고 있지 않은가. 고미고미가 재빨리 지시를 내렸다.

"얘들아, 뛰어!"

곰들은 다시 숲속으로 모습을 감췄다.

불법 사육장인 만큼, 주인도 신고하지 못하고 황당하게 그 자리에 서 있을 뿐이었다.

그리고 다시 연구소.

"아이고, 끝났다….."

고작 한 시간이었지만, 수명이 인간의 육분지 일인 곰들에게는 장장 여섯 시간의 대장정이나 마찬가지였던 소동이 막을 내렸다.

"웡, 나초나초를 수거해야 하지 않을까요?"

"컹…. 이번엔 길고양이 협회랑 연락이라도 하란 말이냐….."

"해야 되면 해야죠….."

지친 곰들의 밤이 깊어 간다.

나초나초와 나 홀로 숨바꼭질 대작전

작가의 말

전삼혜

오컬트를 좋아하고 소프트로봇도 좋아한다. 둘 다 얕은 지식이지만, 둘이 결합하니 이런 대환장파티가 나오게 되었다. 아무쪼록 읽는 분들도 즐겨 주시길.

그들의 땅

박해울

○
○
●

젠가는 연구소 옥상에서 황무지를 바라보며 담배를 피웠다. 투명한 돔 밖의 하늘은 오늘따라 구름 한 점 없이 푸르렀다. 달구어진 돔 안의 건조한 열기와 강렬한 햇빛이 스트레스성 원형 탈모가 생긴 머리를 쪼개 버릴 기세였지만 알 바 아니었다. 팀장은 12월 초순이니 곧 식을 거라고 말했다.

"겉으로 보기에 괜찮은 회사도 내부를 살펴보면 얼렁뚱땅하게 돌아가. 이성과 합리로 돌아가는 회사는 결코 없다고."

스페이스 콜로니 거주지를 떠나올 때, 제각각 회사에

취업한 선후배들은 입을 모아 이렇게 말했다. 젠가는 코웃음 치며 마음속으로 자신만만하게 대꾸했다.

'지구자연보호연구소'는 달라!

하지만, 지금은 어떤가? 그들이 옳았다. 지금 이 상황은 자신이 믿었던 세상에 대한 패배였다. 지구에서 하나뿐인 연구소가 이렇게 돌아갈 줄은 몰랐다. 자신이 연구자로서 취직한 게 아니라, 행정지원팀의 계약직 직원이라서 그런 거라고 여기고 싶었다.

이곳은 지원자가 별로 없어서 꽤 수월하게 합격할 수 있었다. 면접 분위기도 그랬다. 좋게 말하면 여유롭고, 나쁘게 말하면 설렁설렁한달까. 어쨌건 젠가는 합격 통보를 받자마자 가슴이 벅차올라 콜로니의 모든 구역을 뛰어다녔다. 연구원은 아니지만 그래도 연구팀의 지구 토양 연구를 돕고, 정화 연구에 이바지할 거라는 기대를 품었다. 운이 좋으면 함께 차를 타고 나가 밖을 둘러보고. 잠시 지켜보기만 해도 그에게는 큰 기쁨일 것이었다. 지구에서 일하고 싶다는 학창시절의 꿈이 실현되는 순간일 터였다.

젠장, 그랬더라면 좋았을 텐데. 곰곰이 생각해 보면 두 달 전, 입사 첫날 저녁 회식 때부터 낌새가 이상했다. 소장은 맥주로 한껏 상기된 얼굴을 들이밀며 말했다.

"신입에게도 냉엄한 현실을 말해 줘야겠지. 젠가 씨. 이곳은 보다시피 규모가 작아. 그래서 젠가 씨도 만능이 되어야 한단 말이야. 여기는 관광객 수도, 투자자 수도 액수도 줄어 가고 있어. 자, 젊은 피가 수혈되었으니 하나 물어볼까."

젠가가 경직된 자세로 "네, 넵!"이라고 답하자 소장이 빙긋이 웃으며 말을 이었다.

"관광객 수 증가를 위한 참신한 아이디어를 말해 보게나."

젠가는 긴장과 알코올로 잘 돌아가지 않는 뇌를 열심히 굴려 가며 방안을 말했지만, 관광객이 늘어나는 데 씨알도 먹히지 않을 거라는 건 본인도 잘 알았다. 젠가의 주절거림을 한창 들은 끝에 소장은 표정을 구기며 대꾸했다.

"돈이 드는 건 안 되겠는데."

그런 게 있을 수 있는 건가? 어느새 직원들이 측은한 눈빛으로 젠가를 바라보고 있었다. 그 분위기 속에서 그는 마음속에 있던 지구자연보호연구소가 현실과는 큰 차이가 있음을 깨달았다. 그것 봐. 똑같다니까, 하는 조소 섞인 선후배의 목소리가 귓가에 쟁쟁했다. 첫 회식은 이렇게 끝나고야 말았다.

"넌 왜 하필 지구 연구소에 꽂혀 가지고는. 기껏해야 학교에서 단체로 보내 줄 때 한번 가보는 고리타분한 곳에 지원을 하냐", "거긴 연구소 지부만 돔으로 씌워 놓고 아무것도 안 하는 곳 아니야? 그런 곳이 뭐가 좋다고"라는 말에도 아랑곳하지 않았다. 그저 지구만 생각하면 가슴이 뛰었다. 그는 인류의 고향 지구가 좋았고, 인류의 개척정신과 넘어져도 다시 일어나서 결국엔 새 터전을 일구는 인간들이 좋았다. 어떠한 상황에서도 굴하지 않는 도전정신. 인간이 힘을 모으면 무엇이든지 할 수 있다는 자부심. 물론, 인간이 행한 모든 일이 좋은 결과를 불러온 건 아니었다. 하지만 어떠한 역경이 있어도 인류는 각자의 힘을 발휘하고, 복구하려고 노력했다.

젠가는 자신이 존경하는 전설적인 과학자 모임 '팀 덴버'의 리더인 마틴 덴버의 지구 최후의 연설 마지막 부분을 소리 내 읊었다.

"상상해 보십시오! 우리의 기술로 다른 곳에서도 정착하는 인류를. 인류의 문명을 다시 일으키고, 그간의 과오를 기억하여 미래로 도약하는 상상을. 우리의 손끝에서 뻗어 나가는 섬광을. 우리는 이미 일어난 일을 돌이킬 수 없습니다. 하지만 기회가 주어졌습니다. 우리는 기회 속에서 기회를 두 번 만들 수 있는 힘이 있습니다. 이주합시다. 스페이스 콜로니와 달과 화성으로."

유전공학자 마틴 덴버, 수아드 빈트 나세르, 페르난도 호세, 식물학자 미셸 아르노프스키, 곤충학자 응우옌 반 후이, 동물행동학자 암마 아난. 그들은 새 땅의 적응을 위해 유전자 편집 기술로 동식물을 만들어 낸 위인들이었다. 이들이 없었다면 인류의 이주도 실패했을 거다. 이런 사람들이 지금 이 연구소에 있었으면 다르지 않았을까.

하지만 이게 다 뭐야. 아이고, 이런 가정은 의미 없다. 젠가는 마당을 내려다보았다. 직원들이 부서에 상관없이 섞여 분주히 움직이고 있었다. 화려한 가랜드를 걸기 위해 사다리를 타고 있는 사람의 외침이 지척에서 들려왔고, 달과 화성, 콜로니의 수많은 방송국 드론이 기동 준비를 하고 있었다. 리모컨을 쥐고 있는 방송국 직원들의 손길이 바빴다. 직원 몇몇은 가설무대 앞 바닥에 '리그다 세피아노 선생님을 환영합니다', '관광 시즌 개막 기념 후원자 파티에 참석해 주신 연구소 후원자분들을 환영합니다', '경축! 지구의 날!' 따위의 번쩍이는 홀로그램 영사 테스트를 하고 있었다. 저 드넓은 오염 대지를 앞두고 지구의 날 파티나 준비하는 모습이 처량했다. 마당에 깔린 자갈 위로, 매끄러운 조약돌처럼 생긴 정화 로봇이 유유히 지나갔다.

'이직해야 하나? 수습 시간이 끝나지도 않았는데 벌써 그런 생각을 하다니. 내가 유독 나약한 건가.'

이제 신입의 농땡이 시간은 끝이다. 다른 사람에게 들키기 전에 내려가야 했다.

올해 기념 연설의 연사는 그 유명한 화성의 '리그다세피아노'라고 했다. 그는 화성에서 영향력이 가장 크고, 긍정적인 이미지를 지닌 친환경 기업 '케베'의 대표일 뿐 아니라, 환경 보호가로도 유명한 사람이었다. 젠가도 그의 명성은 익히 들어 알고 있었다. 화성의 모 제약 회사의 실험동물 '타뉴인-인-블릭' 사용을 반대하는 시위가 일어났을 때 뉴스에 대대적으로 보도된 적이 있는데, 가장 먼저 입양을 하겠다고 나선 것이 그였기 때문이었다. 그 덕분에 전 개체의 입양이 순조롭게 진행되었다.

소장은 그가 이 연구소의 가장 큰 후원자라고 귀띔하며 5년째 기념 연사로 활약하고 있다고도 말했다. 다른 직원들은 그의 방문이 놀랍지도 않다는 듯 심드렁했지만, 유명인을 처음 만나는 젠가에게는 몹시 솔깃한 일이었다.

누군가 계단을 터벅터벅 올라오는 소리가 들렸다. 문

이 열리기 전에 젠가는 환풍구 뒤에 몸을 숨겼다. 입이 바짝 타들어 갔다.

"나야. 젠가 씨. 빨리 나와 봐."

실험팀 김 주임연구원의 목소리였다. 말소리에 거친 숨이 섞여 있었다. 주임이라면 안심이었다. 젠가는 그제야 몸을 드러냈다.

"난 또 누구라고. 깜짝 놀랐잖아요!"

주임은 바지 주머니에서 손수건을 꺼내 땀범벅이 된 얼굴을 닦았다.

"저기, 콜로니 사격 챔피언십에서 메달 땄다지? 뻥 아니고?"

"사격 이야기는 어떻게 아세요?"

"회식 때 본인이 말했으면서? 금메달 땄다고."

아차 싶었다. 술김에 말한 것 같은 흐릿한 기억이 스쳐 지나갔다. 이런 신상정보를 말해 놓으면 업무 외 할 일만 잡다하게 늘어난다는데. 젠가는 얼른 항변했다.

"그냥 동네 사람들 축제에서 딴 건데요!"

"부끄러워하지 말고. 젠가 씨네 팀장님도 허락하셨어. 호출기에 메시지 남겨 놓으신다고 했는데. 못 봤어?"

젠가는 호출기를 확인했다. 김 주임을 따라서 돕고

오라는 팀장의 문자가 와 있었다.

"같이 밖에 좀 가 줘야겠어."

"밖이요? 무슨 밖?"

그는 내친김에 안경까지 닦으며 고개를 끄덕였다.

"무슨 동물을 생포해 오래. 죽이지 말고. 나 혼자서는 힘들 것 같으니까, 도와줘. 나 시력도 별로고, 사격은 더 젬병이라."

주임이 안경을 쓰자, 눈이 콩알만큼 작아졌다. 젠가가 고개를 끄덕이자, 주임은 손짓했다.

"차 빼놓을 테니까 바로 아래로 내려와!"

"네? 아니, 아니, 지금 가야 한다고요?"

정신을 차렸을 때 젠가는 이미 파란색 화물차 조수석에 앉아 있었다. 잿빛 보호복이 목덜미를 간지럽혔다. 그는 제 무릎에 놓인 마취총을 꼭 쥐고 있었다. 주임은 다른 총과 크게 다르지 않다고 안심시켰다. 마취총은 한 번도 쏴 본 적이 없었다. 자신이 해낼 수 있을까 하는 걱정이 들었지만 두근거리는 것 또한 사실이었다.

주임은 팔을 뻗어 문 근처에 붙어 있는 키패드의 비밀번호를 눌렀다. 0000. 몇 겹의 자동문이 차례차례 열렸다. 젠가는 그 장면을 멍하니 바라보며 샘솟는 기대감을

144   그들의 땅

주체하지 못했다. 주임이 고무된 그의 표정을 흘낏 보더니 낄낄 웃으며 재생 버튼을 눌렀다. 흥겨운 컨트리 음악이었다.

드디어 그렇게 가 보고 싶었던 바깥이다. 보호복을 입었음에도 세찬 바람이 느껴졌다. 밖은 온통 황무지였다. 검붉은 땅이 새파란 하늘과 맞닿아 있었다. 밖에서 달리고 있다니! 이곳은 인류의 요람이며 할아버지의 할아버지, 할머니의 할머니가 살아오던 터전이다. 붉고 검은 흙도, 푸른 하늘도 오염이 전혀 없는 태초의 땅처럼 보였다. 하지만 조심해야 했다. 자신의 눈에만 그렇게 보이는 것일 뿐, 사실은 모두 엉망진창으로 오염됐으니까. 믿을 수가 없을 지경이었다.

김 주임은 동물에 대해 설명했다. 위성 사진으로 봤을 때는 칠 미터 정도로 추정되는 네 발 달린 검은 형체라고 했다. 하지만 협곡 쪽을 돌아다니고 있어서, 그늘에 가려 잘 보이지 않는 데다가 움직임도 크지 않아서 정확한 파악이 힘들다고 했다. 주임은 속도를 더 높였다. 차창 밖으로 똑같은 풍경이 이어졌다. 점이었던 풍경이 이내 선이 되어 차창에 닿았다가 쏜살같이 사라져 갔다. 두 사람 사이에 침묵이 계속되다가, 젠가가 입을 뗐다.

"아무래도 이상하지 않아요? 먹이사슬이나 생태계가 온전하지 않은데 그 동물은 어떻게 살아 있을까요? 혹시 대멸망 이후 아주 오래전부터 잠들어 있던 과거의 생물이 깨어난 건 아닐까요? 아니면 어딘가에 생물이 풍부히 번성하는 곳이 있다든가요. 너무 허무맹랑한가요?"

주임은 뭔가를 골똘히 생각하는 것 같다가 한참 만에 대답했다.

"글쎄다."

그의 대꾸를 듣고 젠가는 연구원 앞에서 괜히 으스댄 것 같아 부끄러워졌다. 하지만 동시에 그 대답이 너무 성겁다는 생각도 들었다. '주임님도 연구원이잖아요!' 조금 더 용기를 낸다면 이 말을 내뱉었겠지만, 쉽지 않았다. 그는 타 부서인데도 같은 공간을 공유한다는 이유로 젠가를 잘 챙겨 주었다. 그가 아니었다면 어떤 직원이 요주의 인물인지, 결재는 어느 시간에 받으러 가는 것이 좋은지 몰랐을 것이다. 사내 식당의 어떤 메뉴가 맛있는지도. 그런 그에게 자존심 상할지도 모르는 말을 뱉어 의 상하게 만드는 일은 벌이고 싶지 않았다.

젠가가 주임의 눈치를 보았다. 주임은 신경 쓰지 않고 손가락 세 개를 펼쳐 보이며 말했다.

"있잖아. 우리 3일 안에 찾아서 돌아가야 해."

분위기를 환기하고자 젠가는 일부러 적극적으로 물었다.

"그 이후로 돌아다니면 너무 오염되어서 그런가요?"

진지하게 대답하는 표정 앞에서 주임이 풉, 하고 웃었다.

"아니, 그게 아니라…. 파티에는 참석하라는 거지. 그리고 우린 보호복을 입었으니 며칠 정도라면 괜찮아."

"입으면 바깥을 얼마나 계속 돌아다닐 수 있나요?"

"뭐, 온도가 맞고 식량과 물이 충분하다면 이론상으론 4개월이나 5개월 정도? 근데 뭘 먹고 씻으려면 벗어야 하니까 실제로는 그렇게까지 못 버텨. 개인차도 있을 거고."

"만약에 안 입으면요?"

"뭐, 오래 버텨 봤자 그 절반 정도 되려나."

오리엔테이션 때 들은 정보이긴 했지만, 어쩐지 주임의 목소리로 들으니 더 오싹했다.

동물이 있는 근처에 가는 데만 만 하루가 걸렸다. 밥을 먹고, 잠을 자고 잠깐 휴식을 취한 것 빼고 젠가와 김주임은 운전대를 번갈아 가며 내리 운전만 했다. 내비게이션 화면에 드디어 붉은 점이 잡혔다. 호숫가였다. 그들은 그 점에 가까워지고 있었다.

두 사람은 차에서 내렸다. 동물은 쉽게 찾을 수 있었다. 그들은 큰 바위 속에 몸을 숨기고 멀찍이서 동물을 바라보았다. 거대한 몸체가 멀리서도 존재감을 과시하고 있었다. 그들은 동물과 상당히 멀리 떨어져 있어 그 외형을 자세히 살펴볼 수 없었다. 이 거리에서 알 수 있는 것이라곤 그 동물이 까만 털을 가졌고, 늑대와 멧돼지가 기묘하고 볼품없이 혼합된 것처럼 보인다는 것이었다.

젠가는 망원경 렌즈를 통해 그것을 노려보았다. 동물은 아무런 경계 태세 없이 모로 누워 있었다. 밥이라도 배불리 먹고 낮잠이라도 자는 건가? 복부와 가슴 부분이 오르락내리락하고 있었다. 입가와 바닥에는 토사물인 듯한 흰 액체가 보였다. 주임도 그 모습을 본 듯, 망원경에서 눈을 떼고 말했다.

"숨은 붙어 있지만 좀 아파 보이지?"

김 주임은 동물의 크기를 서둘러 가늠해 보고는 설명서를 펼쳐서 용량을 계산했다. 그리고 계산한 양만큼 주사기에 마취액을 넣고, 바늘 캡을 꾹 닫았다. 젠가가 가지고 있던 마취총에 질소 카트리지를 결합하는 것도 잊지 않았다. 그러나 그의 손길에는 초심자의 어설픔과 두려움이 섞여 있었다. 그도 그렇게 익숙한 상황은 아닌 듯했다.

주임은 혹시 모를 상황을 대비해 여분의 마취액 용량까지 계산해 놓은 후 말했다.

"한 발 쐈는데 날뛰면, 지체 없이 한 발을 더 쏴야 해."

젠가는 살아 있는 동물을 과녁으로 삼아 본 적이 없었지만, 자신에게 주어진 일과 그 기대에 부응해야 한다는 일념으로 방아쇠를 당겼다. 정말로 아픈 거라면 데려가서 치료해 주면 될 것이다.

일은 싱겁다고 할 수 있을 정도로 수월하게 끝났다. 주사기는 옆구리에 명중했다. 한 발이면 충분했다. 젠가는 참았던 숨을 내쉬었다.

젠가가 총을 정리할 동안 김 주임은 동물 가까이에 차를 댔다. 그는 근처에서 동물이 잠에 빠져드는지 확인하다가 무언가를 확인하려 차에서 내렸다. 젠가는 그가 무엇을 발견했는지 궁금했다. 그는 한동안 그것의 엉덩이 쪽에 쪼그리고 앉아 상태를 살피다가, 다시 차에 탄 뒤 포획을 시작했다. 차 뒤쪽에서 순식간에 로봇 팔이 뻗어 나와 동물을 그물로 감쌌고, 몸을 들어 올려 짐칸에 실었다.

김 주임이 차를 몰고 다시 이쪽으로 오고 있었다. 젠가는 차 쪽으로 두 손을 휘저으며 말했다.

"제가 몰게요!"

"어, 고마워. 수고했어. 역시 금메달감이네."

"근데 아까 왜 멈추셨어요? 엉덩이 쪽에 뭐라도 있었나요?"

"뭔가에 찔렸다가 나은 흔적이 있어서. 아마 날카로운 돌이나 그런 데에 찔린 듯싶네."

젠가는 운전석에 앉아 시동을 걸었다. 차체의 떨림이 느껴졌다. 여기 올 때보다 주행감이 묵직했다. 당연했다. 생포한 동물이 실렸기 때문이다. 그것도 지구의 동물이! 연구소로 돌아가면 연구원들이 깜짝 놀랄 테고 곧장 연구실로 옮겨 동물에 대해 조사하고 토론하겠지? 젠가는 자신이 지구 연구에 기여한 것 같아 기분이 좋아졌다.

연구소로 돌아왔을 때는 이미 늦은 오후였다. 건물 점검차 모든 실내등이 켜져 있었는데, 마당의 장식 조명과 합쳐져서 젠가가 본 중에 가장 밝고 화려한 연구소였다. 직원 한 명이 열린 차고 문 쪽에서 안전 신호봉을 흔들고 있었다. 젠가는 차고 깊숙이 들어가 차의 시동을 껐다. 한쪽 구석에 놓인 거대한 철제 우리가 보였다. 그는 호기심에 미적거리며 우리 근처를 흘끔거렸다. 신호봉을 들고 있던 직원이 김 주임에게 전자 차트를 건넸다. 곧이어

연구원 몇 명이 나타나 둘을 에워쌌다. 이제부터 어떤 절차를 밟게 되는지 궁금했다. 하지만 팀장이 저 멀리에서 손짓했다. 그는 젠가에게 "어이, 왔나?" 하고 이내 음향 장비와 전선 다발을 안겼다.

"고생한 건 알겠는데 일손이 부족하니까, 빨리빨리. 이미 손님들이 이착륙장에 도착해 계셔. 곧 오실 테고, 이미 도착한 분도 계시니까 그거 저쪽 조각상 앞에 놔두고 빨리 본관 응접실로 가 봐."

젠가가 응접실에 찻잔 한 쌍을 들고 들어가서야 손님의 정체를 알 수 있었다. 그곳에는 리그다 세피아노와 이십 대 초반의 청년 하나가 앉아 있었다. 정말로 뉴스에서 봤던 세피아노가 그곳에 있었다. 그는 맞은 편에 앉은 청년을 자신의 아들이라고 소개했다. 둘 다 평온한 인상이었다.

"못 보던 얼굴이네요. 신입이신가요?"

그와 가까이 있다는 게 신기해서 얼굴을 빤히 바라보고 싶었지만, 실례인 줄 알았기에 욕망을 억눌렀다. 젠가는 차를 내려놓으며 말했다.

"네에, 처음 뵙겠습니다. 뜨거우니 조심히 드세요."

리그다 세피아노가 미소를 띠었다.

"앞으로 종종 보게 될 거에요. 연설은 일 년에 한 번 하지만 저희는 여길 좋아해서 거의 분기별로 한 번씩은 들르거든요. 아름답잖아요. 이 지구는. 여튼, 잘 부탁합니다."

세피아노가 악수를 청하는 바람에 젠가는 얼결에 그와 악수했다. 옆에서 그의 아들이 목례했다. 그도 젊은 환경보호가 특집 기사에서 본 듯 낯이 익었다.

한동안 잡무가 휘몰아친 후, 잠시 짬이 생겼다. 바깥에서 돌아와 숨돌릴 틈도 없이 일을 해서인지 무척 피곤했다. 해가 뉘엿뉘엿 지고 있었다. 젠가는 눈 주위를 비비며 차고로 갔다. 동물이 연구실로 옮겨졌을지 궁금했다.

차고 앞에는 연구원 몇 명이 모여 이야기를 나누고 있었다. 커다란 우리가 거대 지게차에 실려 가고 있었다. 검은 천을 덮어 놓았지만, 우리 크기로 보아 동물이 들어 있는 게 확실했다. 그들 중 한 명이 "별관 창고로 가"라며 손나팔을 만들어 소리쳤다. 이윽고 그들은 사라졌고, 차고에 마지막으로 있던 사람들까지 문을 닫고 나가 버렸다.

뭔가 괜스레 아쉬운 기분이 들어 젠가는 마지막 사람이 나가자마자 조금 전까지 동물이 있던 차고에 들어가 보았다. 젠가는 텅 빈 차고의 옅은 어둠 속에 잠겨 있었다. 연구자도, 우리도, 차도, 동물도 없다. 희미하게 남아 있던 동물의 냄새가 빠르게 사라지고 있는 것 같았다.

차고 구석진 곳에서 부스럭거리는 소리가 들렸다. 젠가는 제 귀를 의심했다. 환청이 아니었다. 돌아오는 차의 차체가 유난히 묵직했는데 동물 이외에 무언가를 이곳으로 데려온 걸까. 덜컥 겁이 났다. 실수하고 싶지 않았다.

사람들이 눈치채기 전에 확인해야 했다. 그는 소리가 난 곳으로 조심스럽게 걸음을 옮겼다. 잠시 후 시커먼 형체 하나가 아무렇게나 쌓아 올린 박스 뒤에서 불쑥 솟아나 입구로 빠져나갔다. 키가 크지 않은 짧은 머리의 사람처럼 보였는데, 한쪽 발을 절뚝이고 있었다. 그는 등에 석궁과 화살집을 메고, 허리춤에 단검을 차고 있었다. 그는 지게차가 사라진 곳으로 향하고 있었다.

젠가는 그의 뒤를 밟았다. 별관에는 박물관과 창고 입구가 따로 있었는데, 침입자는 출입구가 두 개인 것을 모르고 박물관 입구로 들어갔다.

복도는 푸른색 바닥 조명으로 동선을 안내하고 있었다. 일반인 관광 시즌을 앞두고 있었기에 박물관 안에서는 조명과 기계와 안내 영상이 작동되고 있었다. 도대체 누구야? 동물도 모자라 바깥에 인간이 있다니? 젠가는 어둡게 꾸며져 있는 중앙 홀에서 침입자를 놓쳤다. 그 앞에는 여러 갈림길이 있었다. 홀 중앙에서 아델리펭귄과 인도코끼리 홀로그램이 공허하게 재생되고 있었다.

젠가는 빠른 걸음으로 홀과 연결된 방을 살폈고, 세 번째 방에 그가 있었다. 그는 도망갈 태세를 하지 않고 있었다. 오히려 언제 달아났냐는 듯 관광객처럼 벽에 걸린 안내문 앞에 떡 하니 멈춰서 설명을 읽고 있었다.

젠가는 조금씩 다가갔다. 아무리 가까이 가도 침입자는 경제 태세를 보이지 않았다. 도대체 뭘 읽는데 이렇게 얼이 빠져 있나 싶어 젠가도 그 안내문을 확인했다. 거기에는 인류를 구한 영웅들에 대한 소개가 있었는데, 침입자는 그중에서도 팀 덴버의 설명을 꼼꼼히 읽고 있었다.

'팀 덴버가 보유하고 있던 유전자 편집 기술은 전 스페이스 콜로니와 달과 화성에 인간과 함께 이주했거나, 그 이후에 만들어 낸 동식물 전반에 큰 영향을 끼쳤다. 개척 시대를 도왔던 유전자 조작 이끼에서부터 초 극미량의 마약도 감지하는 탐지견까지, 이들의 기술이 녹아들지 않은 곳은 없다.'

의문을 가지고 침입자를 다시 보았을 때 그는 거기에 없었다. 이미 그는 젠가의 뒤에서 목을 팔로 감싸고 단검으로 목을 노리고 있었다. 움직임은 빨랐으나 여유 없는 필사적인 몸놀림이었다.

젠가는 그렇게 가까워졌는데도 그의 숨소리가 들리지 않음에 이상함을 느꼈다. 그의 팔을 내려다보았다. 외피가 벗겨져 내부가 드러나 있었다. 그는 인간형 안드로이드였다. 젠가가 허공에 두 손을 올리자, 그는 천천히 입을 막은 손을 내렸다. 호전적인 성격은 아닌 듯했다. 젠가는 그에게서 벗어나 얼굴을 마주했다. 그것은 소년의 모습이었지만 군데군데 세월의 흔적이 느껴졌다.

안드로이드는 로봇법 개정 이후로 제작이 금지되어 있었다. 인류가 다른 행성들과 콜로니에 진출할 무렵부터 생겨난 법령이었다. 그러다 보니 지금은 만드는 사람도, 수리할 수 있는 사람도 없었다. 그렇다면 이 로봇은 불법 제품이거나 혹은 개정 이전에 만들어진 로봇이라는 소린데, 낡은 것을 보니 아무래도 후자인 듯싶었다. 침입자가 젠가를 응시하며 물었다.

"왜 여기엔 이남이 박사님의 언급이 없지? 왜 박사님을 죽였어?"

"이남이가 누구야? 일단 무기 내려. 사람들을 부를 거야."

그는 석궁을 바닥에 내렸고, 셔츠 안주머니의 나이프

도 던져 버렸다. 다소 동요하고 있긴 하지만 기본적으로
는 침착하고 진중한 성격으로 보였다.

"괴물을 보냈잖아. 그래서 이남이 박사님이 돌아가
셨다고."

동물을 이야기하는 건가 싶어 젠가가 대꾸했다.

"보내다니? 나는 그 동물을 생포하라는 명령만 받았
을 뿐이야. 난 일개 사원이라고."

어둠 속에서 놀라는 그의 표정이 희미하게 보였다.

"널 해칠 마음은 없어. 정지되고 싶지도 않고."

"그건 나도 마찬가지야. 좀 더 자세히 이야기를 해 봐."

침입자의 이름은 에밀리오라고 했다. 그는 이남이 박
사라는 자의 소유물이었는데, 박사는 아주 오랫동안 잠들
어 있었고, 에밀리오는 잠든 그를 돌보고 있었다고 말했다.

에밀리오는 세 달 전, 지하 벙커에 누워 있던 박사를
소생시켰다. 박사가 잠드는 그 순간부터 이날만을 기다려
왔는데, 어쩐지 소생이 기대되거나 즐겁지 않았다. 박사
는 자신이 개조한 동식물 배아와 함께 긴 잠을 청했다. 먼
미래에 지구를 번영시키기에 적합한 때가 왔을 때 자신을
깨워 주길 원했다. 오랜 시간을 누워 있던 것에 비해 박사

의 해동은 빨리 진행되었다. 에밀리오는 그를 푹신한 침대에 눕히고 이불을 덮어 주며 깨어나길 기다렸다.

지금까지의 일을 어떻게 설명해야 할까. 처음부터 말해 주어야 할까? 이주 선단의 마지막 우주선이 흰 연기를 뿜으며 지구로부터 달아난 때부터? 당신이 막 잠이 들었을 때는 비와 천둥과 번개가 끊임없이 내렸다고. 한 치 앞도 보이지 않는 두꺼운 안개가 계속되었다고. 그나마 살아 있던 지상의 생물을 날려 버릴 만한 강풍이 쉴 새 없이 불었다고. 살을 녹일 수 있을 만한 강력한 폭염과 시간까지 얼어붙게 만드는 한파가 닥쳐왔다고. 해일이 일고 지진이 일어났다고 말해야 할까? 이것을 견뎌낸 생물은 아무도 없었다고 사실대로 말해 줘야 할까?

처음 지진이 일어난 후 냉동 배아 저장실에 동력이 공급되지 않았다. 그것을 고치기 위해서 에밀리오는 자신의 육신을 움직이는 동력의 절반을 끌어다 썼다. 그로 인해 대부분의 배아를 못 쓰게 되었다. 그래도 과거보다 현재와 미래를 보존하는 것이 낫다고 생각했다. 하지만 그것도 10년을 가지 못했다.

시간은 계속 흘렀다. 기계 설비도, 에밀리오도 시간을 피할 수 없었다.

이런저런 상념에 빠져 있을 때, 따뜻한 손의 감각이 생각을 멈추게 했다. 박사가 깨어나 다정한 기적으로 그의 손을 붙잡고 있었다. 그는 막 깨어난 박사의 기대를 저버려야 한다는 생각에 마음 한쪽이 괴로워졌다. 박사는 그의 표정을 보고 급격히 표정이 어두워졌다.

"질소 탱크의 내구도가 급격히 떨어지고 있어요. 그리고 우리가 보유하고 있는 기계 내구 연한도 다되어 가고요. 이대로는 한마디도 못 나누고 돌아가실 것 같아서 깨웠어요."

에밀리오가 손을 조금 더 꼭 붙잡았다. 이제 더 이상 미래로 갈 수 없었다. 발전기도, 같이 잠자고 있었던 동물도, 그리고 이곳의 기계와 에밀리오 자신도. 프로젝트는 실패였다. 제아무리 행성의 자정 능력이 있다고 해도, 인류는 지구를 재기불능의 상태로 만들어 놓았다.

"제가 뭔가 더 노력하면 되는 일이었을까요?"

박사는 천천히 몸을 일으켰다.

"네 잘못이 아니야. 그저 내가 인간이 저지른 오염을 얄본 거지. 이제 우리가 할 수 있는 일이 없네."

그는 이렇게 말하고는 잔잔한 미소를 띠었다. 그것은 체념에 가까웠다. 그는 혼자 있고 싶다고 하더니, 잠시

그들의 땅

후 몸을 씻고 가장 좋아하는 옷을 꺼내 입고 등장했다. 귀걸이와 반지도 잊지 않았다. 우울함이 조금 씻겨 나간 것 같았다. 에밀리오는 그가 깨어나면 마시기로 하고 간직해 두었던 찻잎을 준비했다. 밤이었지만 창문 하나 없었기 때문에 낮인지 밤인지 알 수 없었다. 그는 박사가 조금 더 이 시설의 기술적인 문제에 대해 자세하게 말해 주길 원할지도 모른다고 생각했다. 하지만 박사의 말은 의외였다.

"조용하다."

"여기는 항상 조용해요. 다들 떠나갔고, 연락해 오는 사람도 없으니까요."

"여기에서 버틴 거구나, 너는. 푸념할 사람도 없이."

"외롭지는 않았어요. 언젠간 깨어나실 거라고 생각했으니까."

박사는 에밀리오를 껴안았다. 그리고 과거에 그랬던 것처럼 춤을 추자고 말했다. 프로젝트가 안 풀릴 때마다 박사는 그와 함께 춤을 췄었다. 그러나 에밀리오의 동작은 이전과 달리 영 서툴렀다.

"기억이 초기에서부터 조금씩 바스러지며 사라져 가고 있어요. 무슨 이유인지는 모르겠어요. 동력을 다른 곳에 분배하다가 오류가 난 건지, 아니면 시간이 많이 흐른

탓인지, 그것도 아니라면 지구의 오염이 저에게도 영향을 미친 탓인지."

"내가 다시 알려 주면 되지. 처음 가르쳐 줬을 때처럼 말이야."

박사는 오른쪽 발을 지면에서 뗐고, 그다음엔 왼쪽 발을 떼었다. 부둥켜안고 흔들흔들하는 것처럼 보였다. 에밀리오는 그의 체온을 느낄 수 있었다. 그래, 둘이란 건 이런 거였지. 따뜻하고 다정한 샘물이 마음 깊은 곳에서부터 퐁퐁 샘솟는 기분이었다.

"덴버 팀이 아직도 건재할까?"

박사는 이렇게 내뱉고는 자조의 웃음을 지었다.

"어떻길 바라세요?"

"너무 오래전 일이 되어 버려서 그런지. 이제는 그냥 그 기술을 사용해서 살아남았으면 됐다 싶어. 뭐, 어쨌든 그래도 남겨진 이후에 이곳을 지을 수 있어서 얼마나 다행이야. 그리고 널 오래된 중고가게 골목에서 만난 것도. 있잖아. 지금을 보너스 스테이지라고 생각할게. 네가 아니면 올 수 없었던 미래를 보고, 경험할게. 밖에 나가 볼게. 숨이 다할 때까지."

"밖은 여전히 오염이 심해요. 이제 막 깨어나셨으니

컨디션도 별로 좋지 않으실 거고. 며칠, 아뇨, 하루라도 푹 쉬신 다음에 결정해도 늦지 않아요."

박사는 고개를 저었다.

"당장 보고 싶어. 어떻게 주어진 기회인데."

박사는 나가 버렸다. 에밀리오가 허둥지둥 그 뒤를 따랐다. 그러나 지상에 막 도착하자마자 박사는 우뚝 멈추어 섰다. 박사의 앞에 침을 질질 흘리며 잔뜩 흥분한 괴물이 있었다. 괴물은 이미 건물과 주변 기물들을 헤집어 놓은 상태였다.

"…아주 거창한 생물인데. 네가 말한 상황에 비해서. 좀 이상하지 않아? 아니다, 아니야. 연구해 봐야 하는 거니까."

박사는 혼란스러워하면서도 내심 기쁜 눈치였다. 박사는 일단은 달아나서 관찰해 보자고 했다. 그러나 괴물은 그런 틈을 주지 않았다. 순식간에 박사와 에밀리오를 덮쳤다. 괴물은 한입에 둘을 삼켰다. 괴물은 거대한 송곳니로 그 둘을 씹으려다가, 살과 피를 가지지 않은 에밀리오를 툭 뱉어냈다. 에밀리오는 괴물의 입가에서 흐르는 피와 덜렁이는 박사의 팔과 다리를 보았다.

프로젝트는 실패했지만, 보너스 스테이지의 마지막

날까지 박사와 함께 지낼 수 있을 거로 생각했다. 하지만 다 망가졌다. 말도 안 돼. 저건 도대체 뭐야? 왜? 하필 오늘이지? 믿을 수 없었다. 허망함이 몰려왔다. 그는 다리를 절룩이며 창고에서 석궁을 가지고 왔다. 눈도, 손도 성치 않았다. 게다가 밤이었다. 석궁 공격은 적중했지만 괴물에게 데미지를 주기에는 역부족이었다. 괴물은 떠났다.

다음 날 아침, 에밀리오는 괴물이 박사를 먹어 치운 곳을 가 보았다. 끔찍한 일이 언제 일어났냐는 듯 바람은 잔잔했지만, 바닥에는 박사의 피가 흥건했다. 그 근처에 박사의 귀걸이 하나가 떨어져 있었다. 귀걸이를 주우며 그는 깨달았다. 박사에게 보여 주고 싶은 것이 많았다고. 잠든 박사를 두고 나갈 수 있는 허용 반경 경계 안에 어떤 풍경이 있는지 보여 주고 싶었다. 그곳에서 주운 모양이 독특한 자갈 컬렉션도 보여 주고 싶었다. 대멸망 이전에 만들어졌던 재밌는 영화를 같이 보고 싶었다.

남아 있는 모든 것을 정리해야겠다고 생각했다. 처분하지 않았던 배아들도, 오래전 고장 났지만 제대로 정리하지 않은 기기들도. 뿌려진 박사의 피도. 그렇게 되면 에밀리오는 명백히 혼자가 된다.

만약에 지구가 정말로 살 만한 땅이 되어서, 에밀리

오가 동물과 동물 배아와 이남이 박사를 기쁜 마음으로 깨웠다면 어땠을까. 박사는 어떤 표정을 지었을까. 분명히 긴 시간을 날아서 당도한 이곳에서, 깨어난 동물과 식물 틈에서, "그럴 줄 알았어! 역시 모두 강해. 다시 시작할 수 있겠어!"라고 말하면서. 어떤 동물이라도 기쁜 눈으로 지켜보았을 것이다. 살아남아 주어 고맙다면서.

에밀리오는 괴물을 쫓아야겠다고 생각했다. 그는 괴물을 죽이고 싶었다. 박사의 복수는 자신만이 가능했다. 그는 석궁과 단도를 챙겼다. 신체 출력 상태가 좋지 못했지만 나서지 않을 수 없었다. 아이러니하게도 박사가 사망했기 때문에, 박사의 명을 받들던 그는 더 먼 세계로 나가게 되었다. 세상은 그가 생각한 것보다 더 소생 불능이었다.

그는 괴물이 떠나간 방향을 토대로 그의 냄새와 분비물을 분석했다. 처음에 괴물은 에밀리오가 따라잡지 못할 정도로 전속력으로 질주했다. 적은 음식으로도 오랫동안 움직일 수 있는 극한의 효율을 지녔을 뿐 아니라 추위에도 더위에도 강했다. 괴물은 정처 없이 험한 길을 가기도 했다가 왔던 길을 되돌아가기도 했다. 어떤 특정한 목적이 있다기보다는 자신의 본능대로 움직이는 듯했다.

박해울

하지만 시간이 지날수록 그의 속력은 느려지고 있었다. 괴물은 척 봐도 이상해 보이는 풀을 뜯어 먹기도 했고, 오염된 물을 그냥 마시기도 했다. 야생동물치고는 생존이 어설퍼 보였다. 태어나서 저 크기가 되기까지 도대체 어떻게 지냈을까 의문이 들 정도였다.

이제 에밀리오는 그를 아주 지척에서 관찰할 수 있었다. 그는 괴물을 죽일 수 있을 거라고 생각했다. 근처에 호수가 있으니 분명 물을 먹으려고 할 거야. 괴물이 잠시 경계를 풀고 물을 마실 때 가까이 가서 그를 죽이자고 생각했다.

그러길 석 달째, 에밀리오는 괴물을 지켜보는 젠가와 김 주임을 발견했다. 그는 살아 있는 인간들이 어딘가 다치지 않고 멀쩡하게 걷는 것을 처음 보았다. 어디에서 나타났는지 알 수 없었다. 그들 또한 괴물과 관련 있는 자들일까 궁금했다. 그들은 이동장을 가지고 있었고, 마취총으로 괴물을 제압했다.

젠가는 에밀리오가 이야기한 것들에 대해 생각했다. 그의 말은 믿을 수 없었지만, 거짓말 같지도 않았다. 거짓말을 해서 그가 얻을 만한 것도 없었고.

그들의 땅

"지구 전체는 보호 구역이 됐어. 여기엔 이제 아무도 안 살아."

"알아. 다들 다른 행성이나 콜로니로 갔겠지. 아직 인간이 다 죽진 않았구나. 박사님이 고안해 낸 기술 덕분이야. 그런데 여기 설명에서는 마틴 덴버가 고안하고 발표했다고 쓰여 있잖아. 나는 인정 못 해."

그는 팀 덴버의 설명이 있는 벽을 쳐다보며 말했다.

"팀장인 마틴 덴버의 성을 따서 '팀 덴버'. 페르난도 호세, 수아드 빈트 나세르, 미첼 아르노프스키, 응우엔 반 후이, 그리고 암마 아난. 그리고 여기에는 이남이 박사님도 계셨단 말이야."

"내가 알기론 이남이라는 사람은 없어."

젠가는 팀 덴버와 관련된 도서를 수도 없이 읽었었다. 그러다 문득, 아주 오래된 한 권의 도서 데이터에서 이 팀이 초기에는 6인이 아니라 7인 체제라고 적혀 있어 오타로 여겼던 기억을 떠올렸다. 어쩌면 그것은 오타가 아니었나.

에밀리오는 고개를 저었다.

"박사님은 마틴 덴버와 사이가 안 좋았어. 처음엔 모든 조건을 초월한 학자들의 모임 같은 거였지. 하지만 그 이전에 그들도 사람이었어. 사람은 타인과 비교하고 선 긋기를 좋아하지. 그들은 다국적, 다인종 팀이었지만 그렇다고 그것이 우애나 평등을 보장하진 않았어. 이남이 박사가 동양인이라서, 자신과 종교에 대한 가치관이 달라서, 여자여서, 몸이 약하기 때문에, 잠재적인 질병 발병의 위험이 있기 때문에, 성적 지향 때문에, 다른 사람보다 나이가 많기 때문에 제각각의 이유를 골라잡아 박사님을 싫어했어. 박사님이 고안한 유전자 편집 기술은 훔쳐 가고. 모두들 지구를 벗어나 콜로니나 타 행성으로 가는 것이 답이라고 생각했어. 박사님은 이곳의 모두가 이주할 수는 없다며, 지구를 재건시킬 계획을 세우자고 했어. 하지만 다들 이주 선단을 이끄는 사람으로부터 개척지에 한자리씩 준다는 제안을 받더니 훌쩍 가 버리더군. 그들의 가족들도 함께. 아직도 못 믿겠어? 팀 덴버에 대한 흉을 늘어놓아서 기분이 나쁜가?"

젠가가 침묵하자 그는 답답하다는 듯 이어 말했다.

"그런데 말이야. 인간이 지구를 파괴한 것도 파괴한 거지만, 다른 땅의 테라포밍과 콜로니를 만드는 데 필요한 자원을 지구에서 끌어다 써 버렸고, 그 오염물과 쓰레기를 다 버려 두고 탈출했지. 그것들이 땅과 물과 공기를 더럽혔어. 단체 최면이라도 걸린 듯이. 부자 한 사람이 보통 사람 일만 명의 몫을 순식간에 빼앗아 갔어. 멸망은 그 사람들 때문에 가속화된 거야. 그 결과로 돌이킬 수 없어져 버린 거고. 박사님은 말했어. 내가 만든 유전자 기술로 다시 살아나는 지구를 생각해 보라고. 인류의 잘못을 자연에 사죄하면서 조금씩 빚을 갚고, 과오를 지워 나가는 상상을 하라고. 우리의 손끝에서 뻗어 나가는 섬광을 생각해 보라고. 시간은 일직선으로 흐르고, 우리는 이미 일어난 일을 돌이킬 수 없지만, 기회가 한 번 주어진다면 우리는 그 기회 속에서 기회를 두 번 만들 수 있는 힘이 있다고."

젠가는 입을 벌렸다. 이 대사, 어딘가에서 들은 적이 있어. 아니, 어딘가에서 들은 정도가 아니지. 이건 마틴 덴버의 명언이었다.

한 명은 지구에 남으면서 이 말을 했고, 다른 사람은 우주 진출을 하면서 이 말을 했다. 젠가는 문득 이 로봇의 말이 진짜일지도 모르겠다고 생각했다. 팀 덴버를 순수하고 열렬하게 좋아했던 그의 마음에 덜컥 제동이 걸렸다.

젠가의 호주머니에서 호출기 소리가 들렸다. 팀장이었다. 곧 개회식이 시작된다는 메시지와 자신을 찾는 메시지가 수도 없이 와 있었다. 팀장한테 뭐라고 말해야 하지? 침입자를 잡았다고 해야 하나? 아니면 침입자가 아주 옛날에 만들어진 로봇이라는 걸 먼저 알려야 하나? 사실대로 말하면 들어주려고 하지도 않을 것 같았다. 시계를 보니 개회식 시작까지 얼마 남지 않았다. 젠가가 당황하던 중 팀장의 호출이 한 번 더 날아들었다. 그가 어쩔 줄 모르는 사이, 손가락이 미끄러져 연결 버튼이 눌러졌다. 팀장의 호통 치는 소리가 들렸다.

"젠가 씨, 뭐 하는데 왜 이렇게 연락이 안 돼! 당장 무대 쪽으로 와!"

젠가가 뭐라고 대답하기도 전에 연락은 끊겨 버렸다. 에밀리오는 젠가가 적의가 없다고 판단했는지 재빨리 그 자리를 피했다. 젠가는 아차 싶었다. 그는 박사를 죽인 동물을 죽이고 싶어서 이곳에 온 것이다. 젠가는 돌아가지 않는다면 팀장에게 혼날 것을 알았다. 하지만 그를 놓칠 수 없었다.

밖은 박물관 내부보다 더 어두운 밤이었다. 개회식이 시작되는 소리가 연구소 전체에 쩌렁쩌렁하게 울렸다. 가설무대 쪽만이 어둠 속에서 빛나고 있었다. 영상에서 보았던 작년 개회식처럼, 방송국 드론들이 무대를 향해 일

168   그들의 땅

제히 카메라 렌즈를 돌리고, 며칠 전부터 준비했던 모닥불의 불빛이 활활 타오를 것이었다. 마이크로 증폭된 소장의 목소리가 잘 들렸다.

"생명의 불꽃을 하나씩 나누어 들어 주십시오. 개회식을 시작합니다. 리그다 세피아노 선생님께서 기념 연설을 해 주시겠습니다."

장내가 조용해졌다가 세피아노의 목소리가 들렸다.

"이곳은 지구입니다. 지구의 날을 맞이하여, 연사로 서게 되어 영광입니다."

그의 목소리는 조용하면서도 명확하게 들렸다.

젠가와 에밀리오는 그 소리와 조명을 뒤로 하고 추격전을 벌였다. 에밀리오는 다리를 절뚝거리고 이곳의 길을 잘 몰라도, 젠가보다는 훨씬 빨랐다. 그들은 박물관의 출구로 빠져나가 천막과 화물차 한 대가 주차된 창고 입구를 보았다. 창고 문은 열려 있었고, 화물차 옆에 직원 하나가 느긋하게 담배를 피우고 있었다.

에밀리오가 창고 안으로 들어갔고, 젠가도 곧장 따라 들어왔다. 작고 희미한 등이 있었지만 공간 전체를 밝혀 주지는 못했다. 창고 가장 안쪽에 거대한 철제 우리가 하나 놓여 있었다. 공간에는 온통 침묵이 감돌았고, 동물의 숨소리만 들렸다.

젠가는 홀린 듯 가까이에서 동물을 보았다. 다듬어지지 않은 날카로운 발과 스밀로돈처럼 큰 송곳니. 듬성듬성 자란 푸석푸석하고 얇고 검은 털. 털 아래 속살은 작열하는 태양 빛에 무참히 공격당할 것처럼 약해 보였다. 부글부글 끓는 숨에서는 쉴 새 없이 구취가 났다.

인기척을 느낀 동물은 조금씩 눈을 뜨고 있었다. 자색빛 눈이었다. 겹겹이 휘날리는 어둠의 장막 틈 속에서 그것의 두 눈은 젠가를 응시하고 있었다.

젠가의 뇌리에 무언가가 스쳐 지나갔다. 그는 과거 어디에선가 저 눈을, 정확히는 저 동공의 모양과 색을 본 적이 있다. 하지만 언제 어디였는지 기억이 제대로 나지 않았다.

어둠 속 인영 하나가 보였다가 사라졌다.

"젠장, 불 좀 켜봐. 이래서 뭘 하겠어? 신속하게 옮겨. 빨리빨리."

중년 남자 목소리가 들려왔다. 팀장이었다. 그 말고도 몇 사람의 걸음 소리와 숨소리와 목소리가 분주하게 들렸다. 그의 목소리가 재차 들려왔다.

"이대로 바로 이착륙장으로 옮기시죠."

그들의 땅

이게 도대체 무슨 일인가? 젠가는 서둘러 몸을 숨길 곳을 찾았다. 자신이 모르는 일이 벌어지고 있었다. 분명 가담했지만, 지시를 받은 대로 행동했을 뿐이었다. 응당 그 동물을 지구에서 관찰하고, 분석할 줄 알았다.

문 쪽에서부터 천장 불이 하나씩 켜지고 있었다. 그는 어둠 속으로 달렸다. 그때, 측면의 오래된 책장에서 손이 쑥 나오더니 젠가의 입을 막고, 몸을 낚아챘다. 에밀리오였다.

사위가 환해지자, 그들은 상황을 점차 이해할 수 있게 되었다. 그곳에는 팀장과 직원뿐 아니라, 낯선 누군가가 한 명 있었다.

"눈 반쯤 떴는데? 수면제가 잘 안 먹었나 봐요?"

젠가는 그가 누구인지 알아보았다. 그는 응접실에서 보았던 세피아노의 아들이다. 동물은 일어서지 않았지만, 다리를 꿈틀거리고 눈을 뜨고 있었다.

"죄송합니다. 저희도 동물 생포는 처음이어서 용량에 조금 착오가 있었던 것 같아요."

김 주임의 목소리였다.

"괜찮아요. 이착륙장으로 옮기기만 하면 끝나니까. 아까 말한 상처도 '화성 동물의 날' 이전에 흔적도 없이 낫겠죠. 그때는 녀석을 대동하고 연설을 해야 해서. 털도 수북하게 자랄 거고. 회복력 하나는 기막히니까요. 그간 잘 먹이면 털이 덮여서 보이지 않겠죠. 저 녀석이 몸부림 치는 건 상관하지 마세요. 이걸 가져왔거든요."

뭘 가지고 왔다는 거야? 젠가는 고개를 슬쩍 빼서 그가 무엇을 들고 있는지 확인했다. 그와 동시에 타다닥 하는 소리가 들렸다. 그는 무시무시하게 생긴 검은 전기 충격기를 쥐고 있었다. 그는 동물에게 가까이 다가갔다.

"안녕. 잘 있었어? 집으로 돌아가자."

동물은 그를 보더니 이를 드러냈다. 그는 우리 가까이 가서 씩 웃어 보였다.

"왜 그래. 진정해. 실험실도 아니고, 우리 집으로 가는 것뿐인데."

젠가는 연사의 아들이 내뱉은 '실험실'이라는 단어가 뇌리에 박혔다. 이제 기억이 났다. 저 괴물의 정체를 젠가는 이미 알고 있었다. 몇 년 전, 뉴스에서 크게 보도되었던 사건이었다.

주요 등장인물은 리그다 세피아노. 화면 아래 자막이 뭐라고 쓰여 있었던가. 아마도 "실험실에서 구출된 새끼 '타뉴인-인-블릭'들. 시민들의 품으로…"라는 제목이었던 것 같다.

그 짐승들은 강아지처럼 작고 귀여웠다. 보드라운 밤하늘색 털과 자색의 동그란 눈과 작은 이빨. 사람들은 그 모습에 매료되어 팬아트를 그리고, 밥을 먹고 애교를 부리는 타뉴인-인-블릭의 짧은 영상을 소비했다. 하지만 그것도 찰나에 불과했다. 그 동물의 모습을 지금까지 궁금해하는 사람은 없었다. 젠가 또한 새끼 타뉴인과 그것을 입양한 사람 중 가장 스포트라이트를 많이 받았던 세피아노만 희미하게 기억하고 있었을 뿐이지, 성체가 어떻게 자라는지는 전혀 몰랐다.

"지구 구경은 잘했어? 여기가 네 조상님의 고향이라던데. 너만큼 이렇게 지구 구경한 녀석도 없을 거다."

끈적한 액체가 동물의 턱을 타고 우리 바닥으로 떨어졌다. 동물은 으르렁대며 연사의 아들이 있는 쪽의 창살에 몸을 부딪으며 위협했다. 잠자코 지켜보던 그는 전기 충격기를 가져다 댔다. 그것은 움찔했지만 물러나지 않았다.

"이렇게 역변할 줄 누가 알았어? 연구소 사람들도 몰랐을걸. 어렸을 때 다 폐사하니까. 이렇게까지 열심히 키운 사람 하나 없는데. 젠장. 실험실에서 마음대로 데려와 놓고, 나한테 다 맡겨 버리고. 마음대로 처분했더니 왜 버렸냐고 뭐라고 하고. 하이고, 머리야. 안 되겠네. 주임님, 마취제 한 번만 더 쓰죠."

주임의 목소리가 들렸다.

"하지만 이 이상 쓰면 못 깨어날 수도 있겠는데요. 타뉴인의 상태가 별로 안 좋아서…."

"상태가 안 좋다고요? 저렇게 날뛰는데? 전문가시잖아요. 이대로는 옮기지도 못할 것 같은데요? 조금만이라도 쓰자고요."

"아, 아, 알겠습니다."

"어머니께는 잘 말씀드릴게요. 연구소 후원금 증액에 대해서 긍정적으로 재고해 보시라고 하겠습니다."

타뉴인-인-블릭의 털은 땀에 젖어 축축해져 있었다. 연사의 아들은 동물에게 한 번 더 전기 충격을 가했다. 이번에는 충격이 더 강했는지 동물이 맥을 못 추었다. 젠가와 에밀리오는 그것을 잠자코 바라보았다. 에밀리오는 얼굴을 찡그렸다. 젠가는 최대한 소리를 죽여 그에게 말했다.

"화성의 실험실에서 동물 실험으로 쓰였던 유전자 개조 동물이었나 봐. 아마도 저걸 지난 시즌에 지구에 방문해서 아무도 안 보는 사이에…."

에밀리오가 없었다. 젠가가 그를 찾으려고 한 걸음

그들의 땅

밖으로 나왔을 때였다.

"헐. 젠가 씨가 왜 여기에 있어?"

김 주임이었다. 그는 젠가를 보고 얼어붙은 듯 아무 말도 하지 않았다. 주임 뒤, 저 멀리에 에밀리오가 보였다. 그는 이미 사람들 근처로 다가가서 벽과 그림자 사이에 몸을 숨기고 있었다. 주임이 가만히 있자 팀장이 이쪽으로 왔다.

"아니, 이게 무슨 상황이야? 내가 무대 쪽으로 가라고 했잖아."

"어…. 그러니까….'

김 주임이 진지한 얼굴을 하고 다가섰다.

"혹시 다 봤어?"

"지시를 무시하고 여기에 숨어 있었던 건 아니고요. 누굴 좀 쫓다가….'

팀장은 젠가의 말을 들을 생각이 조금도 없는 듯 이마를 짚으며 말했다.

"젠가 씨, 이렇게 제멋대로 행동할 줄은 몰랐네.'

"아뇨! 사실대로 말씀드릴게요. 제가 어기려고 했던 게 아니고요. 제 말 좀 들어 보세요.'

김 주임이 단호하게 말을 막았다.

"진정하고, 내 말 먼저 들어. 미안해. 이 연구소, 할당된 예산이 얼마 없어. 더 쏟아부을 것도 없고. 그래서 연구를 거의 하지 않는 거야. 그냥 이 연구소는 베른 사의 것이고, 그 기업이 지구에 먼저 깃발을 꽂아 놓은 거야. 혹여나 나중에 지구가 자력으로 괜찮아지면, 연구소가 여기 예전부터 있었다는 걸 구실 삼아서 지구의 소유권을 분배하는 데 유리할 거니까. 그냥 발만 담가 놓는 거지. 하지만 남이 가지는 걸 두 눈으로 보고 싶진 않은 거고."

선해 보였던 김 주임이 그런 말을 하니 더 충격이었다. 팀장도 한마디 거들었다.

"일터에 거창한 동경이나 사명이라도 가졌던 거야?"

젠가는 침묵했다. 그랬었지. 그랬었다. 하지만 이젠 아닌 것 같아. 더 이상 아무것도 믿을 수 없게 됐다. 지금 이게 다 뭐야? 현기증이 일었다. 지구에 아직 생명이 있다는 희망인 줄 알았는데, 화성에서 온 유명인의 유기동물로 인한 소동이었단 말인가. 아니, '유기동물로 인한'이라기보다는 '인간의 변덕에 의한'이라는 말이 더 맞았다.

어쨌든 이 사건은 과거에서 미래를 준비하던 박사의 목숨을 앗아갔다. 그리고 그 박사의 목숨을 빼앗아 간 동물에게 복수하기 위해, 박사를 지키던 로봇이 여기 와 있다. 젠가는 자신의 앞을 가로막은 두 사람 사이로 에밀리오가 어디 있는지 확인했다.

사람들의 시선이 온통 젠가에게 쏠린 틈에 에밀리오는 제어반 근처로 향했다. 연사의 아들이 이를 알아채고 전기 충격기를 손에 쥔 채 그쪽으로 뛰어갔다. 하지만 에밀리오는 이미 우리의 레버를 내린 후였다.

우리의 문이 아래에서부터 조금씩 열렸다. 문 아래에서 털이 부숭부숭한 주둥이가 콧김을 내뿜고 있었다. 하지만 웬일인지 동물은 주춤거렸다. 전기 충격 때문인가.

"빨리 닫아!"

팀장이 외쳤다. 에밀리오가 동물에게 가까이 다가갔다. 젠가는 그의 표정을 보았다. 혼란이 뒤섞인 얼굴이었다. 우리가 다시 닫히고 있었다. 에밀리오는 그 틈을 비집고 들어가 동물의 등을 떠밀었다.

"도망가, 제발! 가라고!"

그 말을 이해한 것일까. 문틈이 거의 닫혀 탈출의 가망이 없을 무렵, 그 틈새로 날카로운 발톱을 가진 발 두 개가 삐져나왔다. 문이 흔들거린다. 이내 문이 들어 올려졌다. 두 손으로 동물의 꼬리를 힘껏 쥔 에밀리오는 동물의 속도에 휩쓸려 허공에 떠 있었다.

괴물은 날뛰며 창고 문으로 돌진했다. 몇몇 사람들은 창고 문을 닫고 있었고, 김 주임을 포함한 나머지 사람들은 마취총과 그물망을 들고 이리저리 뛰었다.

문 앞에는 연사의 아들이 서 있었다. 그는 여전히 충격기를 들고 있었다. 동물은 큰 입을 벌려 연사의 아들에게 달려들었고, 그의 한쪽 팔을 베어 물었다. 일은 순식간에 일어났다. 다들 제 눈을 의심했다. 옷이 붉은빛으로 젖어 들며 그는 그 자리에서 힘을 잃고 고꾸라졌다.

동물은 그의 복부를 한번 걷어차고 창고 문밖으로 질주했다. 젠가는 그들이 이대로 돌진한다면 가설무대 뒤편으로 뛰어 들어갈 형국이라 생각했다. 이곳에 있는 사람들 전부 같은 생각을 한 모양이었다. 다들 "잡아! 잡아!" 하면서 동물을 쫓았다. 젠가의 생각이 적중했다. 눈부신 조명이 사방으로 번쩍였고, 삐익거리는 마이크 소리에 귀가 따가웠다. 허공을 떠다니는 방송 드론이 어지러웠다. 그리고 방청객의 박수 소리가 끊기고 비명이 들려왔다.

"저게 뭐야! 꺄아악! 괴물이다! 우릴 죽일 거야!"

그곳은 한순간에 아수라장으로 바뀌었다. 무대의 소파에 앉아 있던 소장과 세피아노가 눈이 휘둥그레진 채로 계단도 아닌 곳에서 한달음에 뛰어내렸다.

드론을 조종하고 있던 방송국 직원들이 공포에 휩싸여 외쳤다.

"지구 괴물이야!"

"이런 게 지구에 있었다니, 끔찍해!"

땀으로 범벅이 된 소장은 손을 내저으며 외쳤다.

"아뇨! 저건 지구 괴물이 아니라, 화성의 실험동물입니다. 저건 성체입니다! 여러분들이 좋아하시던 '타뉴인-인-블릭'이라고요! 지구와는 관계없습니다. 이 지부를 벗어나지만 않는다면 지구는 안전합니다. 다시 한번 말하지만 저건 지구 괴물이 아니에요! 지구 관광 오셔도 됩니다! 방송 다 꺼! 끄라고!"

괴물은 출구를 찾지 못한 채로 날뛴다. 사람들이 대피하고, 드론도 황급히 가동을 멈췄다. 세피아노는 아연실색하며 구석에 몸을 피했다. 팀장과 주임과 직원들이 달아나는 동물에게 총을 쏘았다. 난리 통 속에 연사가 차고에 자신의 아들이 쓰러져 있는 것을 발견하고 뛰어갔다.

마취액이 든 주사기가 허공을 빗발쳤다. 꼬리에 매달려 있던 에밀리오는 안간힘을 써서 간신히 동물의 등에 올라탔다. 동물의 등에 바늘이 박혔지만 효과가 없었다. 동물의 등에 바늘이 한 발씩 박힐 때마다 에밀리오가 그것을 잽싸게 떼어 냈다.

길길이 도망쳤지만, 그들 앞에는 연구소의 닫힌 출구만이 있었다. 젠가는 그들을 응시했다. 분명히 에밀리오는 박사의 복수를 하러 왔다고 말했다. 하지만 한 팀처럼 보이는 것은 왜일까. 그들은 서로에게 둘도 없는 존재일지도 모른다. 몹시 외로웠을 테지. 어쩌면 에밀리오가 저렇게 다쳤음에도 가동되고 있는 것은 저 동물 때문인지도 모른다. 주인을 잃어 명령을 부여받지 못한 로봇이 매달리고 몰두할 곳은 이뿐이었는지도.

문득 젠가는 에밀리오가 자신을 쳐다보고 있다는 생각이 들었다. 아니, 실제로는 쳐다보지 않았을 수도 있다. 어쨌건 젠가는 그들을 멈춰 서게 하고 싶지 않았다. 그는 문의 비밀번호를 알고 있었다. 아주 쉬운 비밀번호. 0000. 그는 키패드로 다가갔다.

다음 장면은 젠가도 분절된 이미지로만 기억한다. 젠가의 눈앞에 모든 장면이 느릿하고 명확하게 그려졌다. 좌우로 열리는 여러 개의 문. 그리고 문이 다 열리기도 전에 틈을 비집고 도망치는 동물. 그리고 에밀리오. 그들의 모습은 패잔병 같았다. 에밀리오는 너무나 상처 입었고, 동물은 죽을 때가 다되었다. 하지만 그들은 나가기로 결정했다. 젠가는 그들에게 선택지를 주었을 뿐이었다.

도망자들은 수많은 문을 통과했고, 지평선을 향해 내달렸다. 둘은 이내 검은 점이 되더니 사라져 버렸다.

젠가는 자신의 처분을 생각했다. 해고되는 것은 당연하고, 조용히 입막음될지도 모른다. 이제 그는 지구를 떠나게 되더라도, 다시 이전처럼 애정 어린 눈으로 지구를 바라보고, 돌아가고 싶은 곳이라고 말하지 못할 것이다. 그리고 인간을 더 이상 사랑할 수 없을 것 같았다.

젠가는 여전히 이남이 박사에 대해 알지 못했다. 그러나 이제는 팀 덴버에 관해서도 속속들이 안다고 말할 수 없게 되었다.

하지만 죽어 가는 동물과 로봇이 있다는 것은 알고 있다. 그것은 사실이었다.

젠가는 그리고 한 가지 사실을 더 깨달았다.

이제 이 땅의 주인은 인간이 아니라 박사를 잃은 로봇과 버려진 동물의 것이라는 것을.

작가의 말

박해울

유튜브나 SNS에서 가끔 새끼 동물이 나오는 동영상을 본다. 동물들이 맛있는 간식을 먹거나 새로운 장난감을 가지고 노는 콘텐츠다. 그것을 보며 귀엽다고 느낀다. 내 주변 친구들도 퇴근 후 집에 돌아와서 아무것도 보고 싶지 않을 때 ASMR처럼 그런 걸 틀어 놓는다고 한다.

그런데 이런 동물들이 성체가 되고 나이가 들면, 채널이나 영상 업로드는 높은 확률로 뜸해진다. 그 동물은 여전히 지구에서 살아가고 있는 개별적인 개체이지만 사람들의 뇌리에서는 사라지고 만다. 그리고 그 빈자리는 다른 동물 동영상으로 채워진다. 때로는 사람들의 관심을 더 받기 위해 의도적인 연출이 들어간다는 것도 나중에야 알게 되었다. 그래서 나는 여전히 동물 영상을 시청하지만, 이 시청이 과연 온당한 일인지에 대해 마음 한구석이 조금 불편하게 되었다.

인류의 역사는 동물과 그 궤를 같이한다. 인간은 오래전부터 욕망을 채우기 위해 동물을 변형시키고, 생명을 앗아갔다. 인간의 필요와 미감美感에 의해 선택되거나 버려진 동물이 너무도 많다. 어떤 동물들은 품종이 개량되어 유전병을 앓기도 하고, 멀쩡한 신체 일부를 절단당하기도 한다. 그렇게 인간의 구미에 맞게 개량되었으면서도 나이가 들면 식용 농장에 팔려가고, 변심으로 버려진다. 가정뿐 아니라 실험실, 도축 시설에도 동물이 있다. 우리가 입는 옷, 약물, 음식은 동물의 희생 없이는 얻기 힘든 것들이다. 우리의 눈이 닿지 않아 아무것도 없다고 생각한 그곳에서 동물의 희생이 있기에 우리가 이렇게 살아갈 수 있는 것이다.

「그들의 땅」의 아이디어를 처음 떠올리게 된 것은, 여름 휴가 시즌에 반려견의 원정 유기가 기승을 부린다는 기사를 읽고 나서였다. 온 가족이 함께 휴가지로 떠나 신나게 즐긴 후 집에 돌아올 때는 반려견만 버려두고 온다니, 참담한 일이 아닐 수 없었다. 인간이 반려동물을 키우 겠다고 결심한 이래 무수히 많은 유기 사건이 있었을 테다. 원정 유기도 최근 몇 년 사이의 일은 아닐 것이다. 그리고 이러한 행동은 과거나 현재에서만 일어나는 일이 아니라 미래에도 일어날 일이라는 생각이 들었다.

나는 지구가 너무나도 황폐해져서 소수의 연구원만이 상주하게 된 미래의 한 지점을 떠올렸다. 그 시대는 여전히 동물 실험이 자행되고, 유기가 행해진다. 사람은 두 부류밖에 없다. 나태하거나 자신의 이익만을 좇거나. 유명인은 우상화되고 진실은 잊혀 버린다. 그리고 이곳에 버려지고 지워진 자들도 분명히 존재한다. 나는 이들이 여기 있다는 것을 이 이야기를 통해 전하고 싶었다.

덧붙여, 전반적인 줄거리를 만들어 놓고도 글의 서두를 쓰기로 마음먹기까지는 상당히 오랜 시간이 걸렸다. 이 이야기의 초점 화자를 젠가와 에밀리오 중 누구로 설정하는 것이 좋을지 고민했기 때문이다. 같은 이야기라도 젠가의 시점으로 간다면 가볍게 시작하여 진지한 분위기로 이야기의 변주를 줄 수 있을 듯했고, 에밀리오 시점으로 간다면 좀 더 진중하고 어두운 느낌을 살릴 수 있을 것 같았다. 최후의 최후까지 결론을 내리지 못하여 이 둘의 시점을 번갈아 서술하는 구조로 가려고 하다가, 아무래도 분량이 너무 길어질 것 같아서 포기하고 젠가의 시점을 택했다. 젠가의 시점이 독자분들께서 공감할 여지가 크다고 생각해서 내린 판단이었다. 독자분들께서는 이 선택에 대해 어떻게 느끼실지 궁금하다.

거북과 용과 새

듀나

○
○
●

공화력 78년 4월 7일

공화국의 영광.

　공화국의 시종, 저 민수련이 거북땅에 무사히 도착했음을 차유연 동지에게 알립니다.

　전기선으로 15일이 걸린 대여정이었습니다. 중간에 심한 폭풍을 한번 만났지만 고맙게도 배가 이겨냈습니다. 또한 노르만인이 크라켄이라고 부르는 거대한 괴물을 만났는데, 소문과는 달리 배에 대단한 위협을 가하지는 않았습니다. 어제는 몸길이가 오십 척은 되어 보이는 검은

색 괴물이 지나가는 것을 보았습니다. 선장에 따르면 악어고래라고 하는 그 괴물은 칠십 척까지 자라고 그 크기가 되면 크라켄을 사냥한다고 합니다. 크라켄은 아직 덜 자란 악어고래를 사냥한다고 하니, 과연 모두가 먹고 먹히는 세상이라 하지 않을 수 없습니다.

제가 도착해 머물게 된 도시에 대해 소상히 말씀드리도록 하겠습니다.

이름은 아화스테라고 합니다. 소성邸城에 비하면 전체 크기는 작지만, 항구만은 소성항의 두 배가 넘고 분주합니다. 동쪽에는 도시 크기의 열 배가 넘는 거대한 짠물 호수가 있는데, 원래 바다였으나 200년 전 지진으로 물길이 막혔다고 합니다. 아화스테는 만灣이라는 뜻으로 지진 전에 붙은 이름이라고 합니다. 날씨는 건조하고 서늘합니다.

사람들은 다양합니다. 우리 같은 동양 사람들도 많지만, 동쪽 해안의 식민지에서 온 서양 사람들도 군데군데 보입니다. 이들 상당수는 금을 찾으러 왔습니다. 이틀 전, 어느 운 좋은 이스파니아 사람 한 명이 길에서 주먹만 한 황금 덩어리를 주웠다고 고려인 안내인이 말해 주었습니다. 황혼국 정부는 개인이 금을 국외로 유출하는 것을 막기 때문에 아마 그 사람은 이곳에 꽤 오래 머물러야 할 것

거북과 용과 새

입니다.

놀라운 것을 보았습니다. 집채만 한 거북을요. 과장이 아닙니다. 혁명 전 저희 조부모는 딱 그 거북만 한 집에서 살았습니다. 그 거북이 느릿느릿 큰길을 막고 걸어다니며 길가의 풀을 뜯고 낮잠을 자는데, 아무도 두려워하지도 귀찮아하지도 않았습니다. 사람들이 엄마라고 부르는 그 거북은 도시가 만들어지기 전부터 이곳에 살았고 앞으로도 이곳에 살 것이며 이를 막아야 할 어떤 이유도 없다고, 이곳 사람들은 말합니다.

이곳이 거북땅이라 불리는 이유를 알 것 같습니다. 저런 짐승이 돌아다니는 곳에서 사는 사람들이 자기 땅을 거대한 거북이라고 생각하는 건 당연한 일이 아닙니까.

(편지의 나머지는 고려 공화국 정부 2급 암호문으로 적혀 있다.)

○

공화력 78년 4월 9일

공화국의 영광.

숭웅 장군 동상의 조립이 이제부터 시작되었습니다. 기술적으로는 큰 문제가 없습니다. 기반이 되는 화강암 탑은 이곳 장인들이 1년 전에 완성했고, 우리 측 전문가에 따르면 만듦새가 훌륭하다고 합니다. 동상을 조립해 탑에 세우는 작업도 닷새면 끝날 것 같습니다.

문제가 되는 것은 예술적 견해차입니다. 그리고 이것은 자연스럽게 정치와 연결되지요. 지금까지 거북땅 일에는 별 관심이 없으셨을 테니, 간단히 상황을 정리해 드리겠습니다.

10년 전 이스파니아인들은 누에바 바자에 미겔 데 오르테가의 동상을 세웠습니다. 침략자를 영웅시하는 것이나 다름없는 일이라, 황혼국 사람들은 이를 일제히 비난했습니다. 그리고 이들은 이에 맞서기 위해 3년 전쟁의 영웅 숭웅 장군의 동상을 아화스테에 세우기로 결정합니다. 완공일은 거북력으로 종전 100주년이 되는 올해 4월 28일 이전이어야 했습니다.

문제는 융족 문화에 미술이 없다는 것이었습니다. 정확히 말하면 거의 없습니다. 이들은 훌륭한 음악가지만 미술과 관련된 어떤 욕망도 갖고 있지 않은 것 같습니다. 이들이 만든 도구나 무기가 아름답다면 그건 기능성이 아

거북과 용과 새

름다움을 강요했기 때문입니다. 이들은 동상을 만들고 싶어 하지도 않습니다. 정치적인 이유로 허락을 했을 뿐입니다.

그렇다면 다른 거북땅 사람들이 만들면 되지 않느냐 생각하실 텐데, 그게 그렇게 간단하지 않습니다. 거북땅은 우리땅이 그렇듯 수백이 넘는 부족들이 모여 사는 곳이기 때문입니다. 서양 침략자에 맞서기 위해 동맹을 맺었고 황혼국을 함께 세웠지만, 이들은 여전히 경쟁 관계에 있습니다. 문제는 이들이 모두 고유의 미술 전통을 갖고 있으며 최근 들어 예술적인 경쟁 역시 거세지고 있다는 것입니다. 이들 중 하나의 전통만을 골라 동상에 반영할 수는 없습니다. 그렇다고 모든 걸 있는 그대로 모방하는 서양 사람들의 전통을 따를 수도 없었습니다.

그때 공화국의 시종 저 민수련이 놀라운 생각을 해냈습니다. 우리 공화국이 그 동상을 만들면 어떨까. 그리고 그 동상을 종전 100주년 기념으로 황혼국에 선물하면 어떨까. 숭웅 장군의 승리는 거북땅의 승리만이 아니지 않습니까. 3년 전쟁은 압제와 맞서 싸우는 전 세계 모든 인민에게 희망의 등불이었습니다. 우리 역시 숭웅 장군을 찬미할 자격이 있으며 이 계획이 현실화된다면 서양 침략자에 맞선 거북땅의 전쟁은 세계사 안에서 더 큰 의미로 기억되고 예찬될 것입니다. 거북땅 사람들은 저의 이 생각을 긍정적으로 받아들였고 5년 4개월이 지난 지금, 제가 동상과 함께 여기에 와 있게 된 것입니다.

슬프게도 이런 묘책 또한 모든 문제를 해결하지는 못했습니다. 여전히 다른 땅 예술가에게 이 일을 맡긴 것에 항의하는 사람들이 있습니다. 융족과의 관계, 예술적 우월함을 내세워 자기네들이 그 작업을 해야 했다고 주장하는 사람들도 있습니다. 그리고 놀라울 정도로 많은 사람이 숭웅 장군의 업적을 부정하고 융족에 대한 반감을 드러냈습니다.

"얼마 전까지만 해도 우리를 잡아먹던 자들입니다. 글도 모르고 예술도 모르는 짐승들입니다. 어떻게 우리가 저들을 숭상할 수 있습니까?"

광장 앞에서 시위를 하던 모하비 사람이 저에게 말했습니다. 저는 거북땅 공용 문자가 공용어와 함께 만들어진 건 겨우 150년 전이고 융족이 훌륭한 음악가라는 사실을 지적했지만 남자는 설득되지 않았습니다.

"늑대도 울고 새도 울고 용도 웁니다. 그건 아무것도 말해 주지 않습니다."

저는 실망했습니다. 모든 거북땅 사람들이 융족의 칸타타와 오라토리오가 가진 정교함과 아름다움을 예찬할 줄 알았기 때문입니다. 제가 거북땅의 언어와 문화를 배우기 시작한 것도 융족의 음악 때문이었습니다. 하지만 제 긴 이야기로 시위자를 설득하는 건 불가능했고 그건 또 제 일이 아니기도 했습니다.

(편지의 나머지는 고려 공화국 정부 2급 암호문으로 적혀 있다.)

○

공화력 78년 4월 15일

공화국의 영광.

동상이 완공되었습니다. 원래는 이틀 전에 끝났어야 했습니다. 저희가 조립 과정을 공개하지 않았다면 정말 그때 끝날 수도 있었습니다. 하지만 동상의 관절을 조작해 숭웅 장군과 세뿔소의 자세를 바꿀 수 있다는 걸 이곳 사람들이 알아차리자 간섭이 시작되었습니다. 자세가 너무 엉거주춤하다. 아니다, 너무 뻣뻣하다. 장군은 세뿔소에 타고 있어야 한다. 아니다, 옆에 서 있는 지금 자세가 맞지만, 동료 짐승에게 조금 더 애정을 보여 주어야 한다.

영원히 이어질 것 같았던 간섭은 어제 아침에 갑작스 럽게 끝났습니다. 밤 새운 토론이 벌어지던 광장에 세뿔 소를 탄 융족 한 명이 들어온 것입니다.

꿈 같았습니다. 그 융족은 우리가 세우려는 동상의 주인공과 생김새가 똑같았습니다. 우리는 융족의 얼굴을 그렇게 분명하게 구별하지 못하고 우리의 동상이 서양 사 람들의 동상처럼 원본을 그대로 모방한 것도 아니었습니 다. 하지만 그래도 훌륭한 예술품이 갖고 있는 정수라는 게 있지 않습니까. 숭웅 장군이 1세기 전에 전사했다는 것을 모르는 사람이 그 광경을 보았다면 우리의 동상이 막 세뿔소에서 내린 융족을 원본으로 삼았다고 확신했을 것입니다.

그 융족은 숭웅 3세였습니다. 숭웅 장군의 손녀였지 요. 그냥 손녀가 아니라 '직계' 손녀였습니다. 융족의 여 자들은 남자와의 교접 없이도 아기를 낳을 수 있는데, 그 렇게 해서 태어난 아기는 어머니와 똑같은 모습으로 자랍 니다. 그러니까 숭웅 3세는 융족에게 살아 있는 동상이나 마찬가지인 존재입니다.

거북과 용과 새

숭웅 3세는 제가 맨눈으로 처음 본 융족이었습니다. 저는 여기 오기 전에 융족을 찍은 빛그림을 수백 장 보았고 심지어 해부도도 연구했습니다. 그 생김새에 대해 이미 알 만큼 안다고 생각했지요. 온몸이 짧은 회색 깃털로 덮여 있고 얼굴은 올빼미와 고양이 중간이고 머리칼 대신 삐죽 솟은 장식 깃털이 나 있고 앙상한 손가락 끝에 난 검은 손톱은 원뿔형이며 무엇보다 무릎이 우리와 반대 방향입니다. 하지만 직접 본 융족은 제가 생각했던 것과 많이 달랐습니다. 더 컸고 이상했고 낯설었습니다. 다르다는 것, 어떻게 다르다는 것 모두 알고 있었지만 이렇게 다를 줄은 몰랐습니다.

아직도 많은 이들이 착각하는데, 융족은 사람이 아닙니다. 어쩌다 보니 사람과 비슷한 모양을 취한 용의 일족입니다. 그리고 이들은 1000년 전까지만 해도 인간을 사냥해 먹었습니다. 융족이 인간 먹기를 그만두고 인간의 문화와 언어를 받아들이는 이야기는 거북땅 역사의 가장 큰 덩어리를 이루는데, 설마 이것도 모르시지는 않겠지요.

사람들은 허겁지겁 뒤로 물러났고 동상까지 이어지는 길이 갈라졌습니다. 저는 돌처럼 굳은 채 숭웅 3세가 화강암 탑 옆에 누워 있는 할머니의 동상을 손톱 끝으로 어루만지는 것을 바라보았습니다.

"누가 이 동상을 만든 장인입니까?"

쩌렁쩌렁한 목소리가 광장 전체에 울렸습니다. 도저히 여자의 목소리로 느껴지지 않는 저음이었습니다. 융족은 여자와 남자가 우리와 많이 다릅니다. 여자가 남자보다 머리 하나 더 크고 목소리도 굵지요. 융족 합창에서 고음을 담당하는 것도 남자들입니다. 조금 더 설명을 덧붙이자면 이들은 발성 방법도 조금 다릅니다. 예를 들어 입의 구조 때문에 치찰음이 없지만 혀와 성대를 우리보다 정교하게 놀리기 때문에 우리가 발음할 수 없는 특별한 소리로 이를 대체하지요. 거북땅의 언어를 배우는 사람들은 융족의 발성을 축음기를 통해 따로 익혀야 합니다. 다행히도 문법과 조어 방식은 서북부 언어들과 크게 다르지 않아서 배우기 어렵지 않습니다.

저는 데리고 온 장인들과 함께 앞으로 나와 갑자기 막혀서 안 나오는 거북땅 공용어로 버벅거리며 인사를 했습니다. 제 말이 끝나자마자 광장은 자기 의견을 전달하려는 수많은 사람들의 외침으로 다시 시끄러워졌습니다. 하지만 숭웅 3세는 아무것도 들리지 않는 듯 동상과 우리가 건넨 계획도를 번갈아 들여다보기만 할 뿐이었습니다.

거북과 용과 새

5분쯤 지났을까? 갑자기 요란한 나팔 소리가 들렸습니다. 융족에게만 있는 콧속의 빈 공간을 울려서 낸 소리였지요. 숭웅 3세는 계획도를 우리에게 넘기고 꼿꼿하게 몸을 펴더니 이렇게 말하더군요.

"장인들을 존중합시다. 서역땅 사람들의 선물을 있는 그대로 고맙게 여깁시다."

여기서 서역땅이란 우리 동양을 가리킵니다. 거북땅 사람들에겐 동양이 서역이고 서양이 동녘이니까요. 하여간 그때까지 계속되었던 소란은 순식간에 멎었습니다. 사람들은 흩어졌고 광장엔 우리 일행과 시청 직원들만 남았지요. 숭웅 3세는 다시 한번 할머니의 동상을 응시하더니 광장 언저리에서 얌전히 기다리고 있던 세뿔소에 올라타고 동쪽으로 떠나갔습니다.

(편지의 나머지는 고려 공화국 정부 2급 암호문으로 적혀 있다.)

○

공화력 78년 4월 30일

공화국의 영광.

숭웅 3세가 융족 영토에 우리를 초대했습니다. 종전
100주년 기념식이 끝난 직후였습니다. 교역단 사람들은
여전히 바빴지만, 동상 개막과 함께 제 일은 끝난 것이기
에, 저는 연회장에서 마음 편히 거북땅에서만 나는 채소
와 과일로 만든 신기한 요리를 먹으며 그쪽 문화부 직원
과 함께 융족 음악에 대한 즐거운 대화를 나누었습니다.
작년에 녹음된 새 오라토리오 전집을 선물로 주겠다는 약
속도 받았는데, 한 면에 40분 이상을 담을 수 있는 최신
축음판에 녹음된 것이라, 각 장이 중간에 끊어지는 일이
없이 들을 수 있다고 합니다.

이야기가 한창 무르익었을 때 언젠가부터 제 앞자리
에 앉아 있던 숭웅 3세가 저에게 융족 음악을 직접 들어
본 적이 있느냐고 물었습니다. 아쉽게도 저는 고개를 저
을 수밖에 없었지요. 융족 음악의 즉흥성을 고려해 보면
축음판으로 듣는 음악은 한계가 있을 수밖에 없었고 전

언제나 그게 아쉬웠습니다.

다음 날 아침, 제 숙소에 와히야 시장이 보낸 시정부의 전령이 찾아왔습니다. 나팔을 짧게 불더니 들고 온 두루마리를 펼쳐서 길게 낭송하더군요. 다 읊을 때까지 약 5분 정도 걸렸는데, 장황한 형식적 문구들을 잘라 내면 내용은 간단했습니다. 숭웅 3세가 저를 아화스테에서 천 리 떨어져 있는 융족의 알집에 초대한다는 것이었습니다. 대단한 영광이었습니다. 여기에 초대받은 인간은 극히 드물었으니까요. 거북땅 바깥 사람은 손에 꼽을 정도였습니다. 그 엄청난 기회가 저에게 온 것입니다.

저는 아화스테 시정부와 황혼국 외무부 직원들 그리고 저와 함께 온 제 상관들과 상의했습니다. 이들은 모두 제가 그 축제에 가는 것에 찬성했습니다. 단지 와히야 시장은 제가 혼자 갈 수는 없으니 정부군 소속 여자 군인 한 명을 붙여 주겠다고 했습니다. 제가 융족을 믿을 수 없냐고 묻자, 그 사람은 웃으면서 말했습니다.

"융족은 신뢰할 수 있는 종족입니다. 하지만 그렇다고 육식동물의 무리에 혼자 들어가는 것이 현명할까요?"

거북땅 사람들과 융족의 관계를 압축해 설명해 주는 문장이었습니다.

저는 지금 여행 준비를 하면서 이 보고서를 쓰고 있습니다. 시정부는 훈련된 세뿔소 두 마리와 우차牛車 하나 그리고 저와 경호원이 최소한 한 달을 버틸 수 있는 식료품과 위생품을 제공해 주었습니다. 식료품은 대부분 통조림과 말린 곡물인데 중간중간에 융족이 사냥한 짐승의 고기와 토착 과일을 시도해 볼 생각입니다.

(편지의 나머지는 고려 공화국 정부 2급 암호문으로 적혀 있다.)

○

공화력 78년 5월 5일

이 글이 편지인지, 일기인지 모르겠군요. 그냥 개성 사무실에서 아무 생각 없이 녹차를 마시며 빈둥거리고 있을 차유연 동지에게 쓰는 편지라고 생각하겠습니다. 나중에 진짜 보고서를 보낼 기회가 왔을 때 다시 고쳐 쓰면 되겠지요.

지금까지 여행은 평온하고 즐거웠습니다. 제 경호원 카야가 우차와 세뿔소를 책임지고 있으니 저는 할 일이

별로 없습니다. 그래도 저는 게으름쟁이처럼 보이기 싫어 최대한 일을 찾아서 하는 중입니다. 우차 안을 가급적 깔끔하게 정리하고 틈만 나면 빨래와 요리도 하지요. 요리라고는 하지만 통조림 속 야채나 고기를 곡물가루에 섞어 죽을 만드는 게 전부인데, 꽤 맛있습니다. 통조림의 종류도 다양해서 이것들만 먹어도 쉽게 질리지는 않을 것 같습니다.

저희와 함께 여행하는 융족은 세 명입니다. 숭웅 3세와 동행 두 명인데, 모두 여자입니다. 두 명은 아직 이름을 모릅니다. 그쪽에서 알려 주기 전에는 이름을 묻지 않는 것이 융족의 예절입니다. 전 그냥 깃털 모양으로 둘을 구분합니다. 한 명은 장식 깃털이 주황색이고 다른 한 명은 보라색에 가깝습니다. 숭웅 3세는 할머니처럼 선홍색이고요. 이 모든 색이 진짜인지는 잘 모르겠습니다. 몇몇 융족들은 지위를 과시하고 다른 이들과 구별되기 위해 일부러 깃털을 염색한다고 들었어요.

황혼국을 떠나자마자 융족들이 한 일은 옷을 벗는 것이었습니다. 인간들과 함께 있을 때 그들은 아마포로 만든 헐렁한 옷을 입고 있었습니다만, 이건 순전히 인간들에 대한 배려였습니다. 융족에게 옷은 깃털 없는 인간들이나 입는 불편하고 불결한 천 조각에 불과했습니다. 솔직히 속옷 빨래를 할 때마다 융족의 의견에 동의하고 싶어집니다. 인간들은 왜 이렇게 물건들이 많이 필요한 것일까요? 왜 옷과 신발, 모자, 이불, 베개, 의자, 침대와 같은 물건에 얽매여 살 수밖에 없는 걸까요.

융족은 그 어떤 것도 필요하지 않습니다. 사냥하고 사냥감을 해체할 때 칼과 활을 쓰긴 하는데, 웬만한 동물은 도구 없이도 잡을 수 있습니다. 잠잘 때도 이불 따위는 덮지 않고 인간에게는 불가능한 이상한 자세로 똬리를 트는데 그것만으로 충분한 것 같습니다. 가끔 불로 요리를 하지만 날고기와 생피를 먹고 마시는 것을 당연하게 여깁니다. 문명으로부터 당황스러울 정도로 자유로워, 이들은 종종 그냥 짐승처럼 보입니다. 길들인 세뿔소, 등에 짊어진 도구가 든 작은 가방을 무시한다면 말이지요.

융족과 세뿔소의 관계는 룽유라고 불립니다. 친구나 동료와 비슷한 뜻입니다. 융족에게 룽유 관계는 거의 종교적입니다. 융족은 세뿔소와 룽유 관계를 맺었기 때문에 아주 특별한 경우가 아니면 세뿔소에게 해를 입힐 수 없습니다. 세뿔소의 고기를 먹는 건 오로지 이 짐승이 다른 이유로 죽었을 때에만 가능합니다. 그때는 반드시 고기를 먹어야 해요. 그건 룽유 관계를 맺은 짐승에 대한 예의입니다.

세뿔소는 융족이 룽유 관계를 맺은 두 번째 동물입니다. 첫 번째는 개입니다. 세 번째는 인간이고요. 알겠습니까? 룽유 관계 안에서 인간은 세뿔소나 개보다 특별히 나을 것이 없습니다. 오히려 못하죠. 융족과 인간의 룽유 관계는 아직 불안하기 짝이 없으며 서양 사람들이 들어오면서 더 불안해졌습니다.

카야는 융족 친구들이 짊어지고 있는 가방이 인간가죽으로 만든 것이라고 알려 주었습니다. 인간 적군의 가죽을 벗겨 만들었다고 생각하실 수 있는데, 아닙니다. 융족은 전쟁터에서 죽인 인간의 시체는 건드리지도 않으니까요. 아마 친한 친구의 것이거나 어머니나 할머니의 친한 친구의 가죽으로 만든 것이겠지요. 어느 쪽이건 그 인간 친구의 몸은 융족이 나누어 먹었을 것입니다.

룽유 관계는 인간에게도 영향을 끼쳐서 거북땅 사람들은 개와 세뿔소를 보호합니다. 하지만 동쪽 식민지의 서양 사람들은 이를 이해하지 못하지요. 그 때문에 종종 갈등이 발생합니다.

거북땅의 지도를 보죠. 우선 서쪽 해안에는 황혼국이

있습니다. 동쪽 해안에는 서양 사람들이 세운 식민지들이 있고요. 그 식민지들의 서쪽 경계선에는 역시 거북땅 사람들이 장벽처럼 세운 태양국이 있습니다. 그리고 그 사이에 있는 거대한 땅덩어리에는 국가가 없습니다. 어떤 사람들은 그곳을 융족의 나라라고 부르지만 아닙니다. 자유지라는 공식 명칭이 더 그럴싸해요. 융족과 거북땅 사람들은 그곳에 어떤 국가도 세우지 않기 위해 서양 사람들과 싸웠습니다.

말은 이렇지만 사정은 간단치가 않습니다. 세월이 흐를수록 자유지는 점점 국가의 관리가 필요한 곳이 되어가고 있습니다. 일단 태양국을 가로질러 들어오는 서양인들의 밀렵, 불법 채굴 등등을 막아야 하니까요. 자유지 안에 사는 여러 거북땅 사람들의 갈등도 만만치 않고요. 그 때문에 두 나라와 식민지들 사이에서 온갖 타협과 편법이 오가는 중입니다. 어떤 사람들은 융족이 자유지에 국가를 세워야 한다고 생각하고 저도 그게 상식적으로 옳은 답 같은데, 융족들은 아직 그럴 생각이 없는 것 같습니다. 적어도 제가 읽은 황혼국 자료에 따르면 말이죠.

○

공화력 78년 5월 6일

제 유일한 인간 동료 카야에 대해서 조금 말씀드리겠습니다. 숭웅 장군만큼은 아니더라도 카야도 유명한 집안 출신입니다. 3년 전쟁 당시 명성을 떨쳤던 다야니 추장의 모계 직계 후손이니까요. 단지 거북땅 사람들은 우리만큼 가문을 중요하게 생각하지 않습니다. 공화국이 세워지기 전부터 그랬어요. 우리도 빨리 가문과 성을 따지는 가부장제의 폐습을 버려야 하는데 말입니다.

전투 경력이 풍부한 사람입니다. 다 합쳐서 사십 명이 넘는 적을 죽였다고 했습니다. 그중 세 명은 융족이었습니다. 모든 융족이 아화스테 조약에 동의했던 것은 아니었고 수많은 자잘한 무력 충돌이 최근까지 여기저기에 있었습니다. 지금은 융족 내부의 갈등이 많이 줄었는데, 카야는 오히려 그게 걱정된다고 했습니다. 그건 융족이 다시 외부의 적을 준비하고 있다는 뜻이었습니다.

카야가 죽인 인간들은 다양했습니다. 절반 이상이 이스파니아의 불법 채굴꾼들이었지만, 중국인, 모하비인,

체로키인 심지어 고려인도 있었습니다. 다양한 사람이 이 합집산을 하며 황혼국과 자유지의 질서와 안전을 끊임없이 방해했습니다. 이전에는 서로 싸웠을 사람들이 융족이라는 공통된 적 앞에서는 뭉친다고 했습니다. 그리고 통합의 목표를 달성하기 위해서는 어떤 거짓말도 용인되었습니다.

카야는 해탈한 것처럼 보였습니다. 이전에는 부조리한 세상 때문에 많이 번민했지만, 그 고민은 오래전에 꺼져 버렸다고 했습니다. 아무리 고민해도 세상이 바뀌지 않는다면 그 사실을 받아들이고 주어진 임무에 충실한 것이 낫다고 했습니다.

그 임무가 올바른지 어떻게 아느냐고 제가 물었지만, 대답은 들을 수 없었습니다.

○

공화력 78년 5월 8일

천둥새를 보았습니다.

활짝 편 날개 길이가 이십 척은 넘어 보이는 거대한

거북과 용과 새

파란 새였습니다. 사람만 한 용 또는 그냥 사람일 수도 있는 짐승을 움켜쥐고 날고 있더군요. 지켜보고 있노라니 그 짐승을 떨어뜨리는 게 보였습니다. 그리고 그 떨어진 짐승을 향해 날아가더군요. 그게 천둥새의 사냥법입니다.

이 사냥법을 역으로 이용하려는 서양 사람들이 있습니다. 그들은 눈에 잘 뜨이는 빨간 옷을 입고 돌아다니다 일부러 천둥새에게 잡힙니다. 그리고 새가 공중에서 떨어뜨리면 낙하산을 펼쳐 하늘에서 천천히 내려오는 것입니다.

미친 거 아닙니까?

거북땅은 정말 이상한 동물로 가득 한 곳입니다. 천둥새는 그중 정상적인 편입니다. 덩치는 크지만 그래도 새니까요. 전에 이야기했던 아화스테의 거북도 크지만 그래도 거북입니다. 하지만 용은 오로지 거북땅과 그 밑의 황금땅에만 살지요.

정말 별별 것들이 다 있습니다. 어떤 용은 깃털이 나 있고 어떤 것은 코끼리처럼 맨몸입니다. 어떤 것은 네 발로 걷고 어떤 것은 두 발로 걷습니다. 날아다니는 것도, 헤엄치는 것도 있습니다. 그리고 융족이 있지요.

원래 용들은 우리땅에도 살았습니다. 고려에서도 땅을 파보면 용의 화석이 나옵니다. 화석 중 큰 것은 거북땅의 어떤 용보다도 큽니다. 하지만 5000만 년 전, 남중국에 떨어진 운석 때문에 이들은 모두 죽었습니다. 거북땅과 황금땅의 용들은 어떻게 다시 살아남았지만 다른 땅의 용들은 그렇게 운이 좋지 못했습니다.

전 며칠째 용의 고기로 저녁을 먹었습니다. 황혼국에서 떠나자마자 융족들은 염소만 한 크기의 용을 사냥했습니다. 다리를 다쳐 무리에서 떨어진 짐승이었습니다. 융족들은 신속하게 용의 목을 꺾고 아직 몸부림치는 몸에 칼집을 내 피를 마셨습니다. 그리고 가죽을 벗겨 고기를 먹고 두툼한 꼬리 고기와 뼈에서 긁어낸 골수, 약간의 간을 우리에게 주었습니다. 맛과 질감은 닭고기와 쇠고기 중간 정도였습니다. 기름기가 없고 담백했습니다. 전 용 고기를 삶아 먹고, 골수를 발라 구워 먹고, 카야가 준 향료와 감자를 넣어 간과 함께 죽으로 만들어 먹고, 남은 것은 얇게 저며 양념에 적셨다가 말렸습니다. 그러는 동안 융족들은 물과 곡물 말린 것 약간을 제외하면 아무것도 먹지 않았고 제 요리에도 큰 관심이 없어 보였습니다.

　　　　　　　　　　　　거북과 용과 새

○

공화력 78년 5월 9일

에린에서 온 켈트인 부부를 만났습니다. 아내는 화가였고 남편은 용을 연구하는 학자였습니다. 우리는 나전어羅甸語로 대화를 나누었습니다. 학자 남편은 거북땅과 황금땅의 용들이 바다를 건너 우리땅으로 넘어와 용과 기타 괴물의 전설을 만들었다고 믿고 있었습니다. 몇 달 전 에린의 서쪽 해안에서 1000년도 안 된 용의 뼈가 발견되었다고 말하던데, 얼마나 믿을 수 있는 정보인지 모르겠습니다.

화가 아내로부터는 이 지역의 사정을 들었습니다. 최근 이 근처에 온 서양인들―주로 프란시아와 이스파니아에서 온 사람들―이 수상쩍은 음모를 꾸미고 있는 것 같다고 했습니다. 자유지에서 서양인들이 부족을 만드는 것 자체는 금지되어 있지 않습니다. 하지만 부족 하나의 머릿수는 협정에 따라 엄격하게 제한되어 있지요. 그런데 이들이 꼼수를 부려 수를 늘렸고 대량의 자동화기를 프란시아 식민지에서 밀수해 들여오고 있다는 것이었습니다.

부부가 떠나자 저와 숭웅 3세는 이에 대해 토론을 나

누었습니다. 저는 이것이 자유지가 독립국이 되어야 하는 이유라고 주장했습니다. 지금 자유지에서 발생하는 모든 문제는 국가와 정부만이 해결할 수 있고, 국가 없는 자유는 허상이며, 지금 이곳을 지탱하는 수많은 협정은 농담 거리에 불과하다고 말입니다. 하지만 숭웅 3세는 제 생각의 상당 부분을 인정하면서도 자유지의 이상을 버릴 수는 없다고 대답했습니다. 하긴 전설이 되어 죽은 할머니의 기념비로 존재하는 이니까요. 할머니와 다른 생각을 갖고 있어도 조심스러울 수밖에 없겠지요.

○

공화력 78년 5월 10일

어젯밤 알집에 도착했습니다. 그때는 자정 무렵이라 산기슭에 있는 돌담 정도만 간신히 보였습니다. 잠은 마당에 세워 놓은 우차 안에서 잤고 아침에야 손님방으로 안내되었습니다.

알집은 인구가 삼백 명 정도 되는 요새입니다. 돌산으로 뒤가 막힌 반원형의 돌담 안에 스물네 개의 돌 건물들이 있지요. 모두 벽과 크게 구분되지 않는 돔 모양의 지붕을 쓰고 있습니다. 돌담은 속이 빈 아치 구조이고 역시 지붕이 둥글게 생겼습니다. 둥글둥글한 회색 돌 더미들이 여기저기 놓여 있는 모양을 상상하시면 되겠습니다. 이 건물들은 오로지 다양한 모양으로 깨고 다듬은 돌들을 정교하게 쌓아 만들어졌고 돌 이외에 어떤 재료도 들어가지 않았습니다.

알집 인구의 8할은 여자입니다. 알집이라는 것 자체가 알과 임산부를 다른 포식자로부터 보호하기 위해 만들어졌기 때문입니다. 임산부의 시중을 들고 알을 보살피는 몸집 작은 남자들이, 개들과 함께 뛰어다니는 아이들 사이에서 바쁘게 돌아다니는 걸 볼 수 있지만, 이 세계는 철저하게 여자 중심으로 돌아갑니다. 여자들은 모두 각자 방 하나씩을 배정받고 그 안에서 직접 알을 위한 둥지를 만듭니다. 알은 언제나 하나이고 껍질은 가죽처럼 부드럽고 물렁합니다. 얼마 전에 만난 켈트인 학자는 융족이 난태생으로 옮겨가는 중이라고 주장했습니다. 몇천 세대 이후의 융족은 우리처럼 아기를 낳을지도 모르죠.

그리고 무엇보다 이곳은 음악으로 가득 차 있습니다. 융족과 여행하는 며칠 동안 전 노래 같은 걸 거의 들은 적이 없습니다. 걷거나 세뿔소를 타면서 작은 소리로 흥얼거리는 건 가끔 들은 적 있습니다. 음악에 관한 대화를 나눌 때 사례를 들기 위해 짧은 노래를 불러 주기도 했습니다. 하지만 그게 전부였습니다. 그들에게 여행과 사냥, 음악은 모두 진지하기 짝이 없는 것이었습니다. 대충 섞을 수 있는 게 아니었습니다.

알집은 이들이 음악에 집중할 수 있는 몇 안 되는 곳입니다. 많은 음악이 알집이라는 공간에 특화되어 있지요. 새로 태어나는 아이들을 위한 노래, 어머니들을 위한 노래가 가장 중요하지만, 어머니가 되기 위해 온 여자들의 인생 경험도 중요한 소재이기에 노래의 소재는 무궁무진합니다. 아, 이들에겐 인간도 중요한 소재입니다. 이런 노래는 대충 이렇게 시작해요. "나는 며칠 전 인간이 이상한 짓을 하는 걸 보았지", "내 친구가 말하길, 인간들이 또 이상해졌다는데."

융족은 사용하는 도구의 개수를 최대한 줄이려는 경향이 있지만, 악기는 예외입니다. 이들에겐 온갖 종류의 악기들이 있고 모두 서너 개 이상을 연주할 줄 압니다. 타악기가 가장 많지만, 관악기와 현악기의 종류도 만만치가 않지요. 단지 우리의 관현악단과는 달리 악기의 모양

거북과 용과 새

과 음색은 통일되어 있지 않습니다. 모든 악기가 각기 다른 소리를 내기 때문에 정확히 같은 음색이 반복되는 일은 거의 없습니다. 그래서 녹음 기록이 중요한 것이지요.

도착한 지 하루도 지나지 않았지만 저는 벌써 세 차례나 음악회에 초대받았습니다. 다들 먼 서역땅에서 온 인간이 융족의 언어를 알고 융족의 음악을 이해할 수 있다는 게 신기한 모양이었습니다. 제가 집에서 가져온 피리로 이들의 합주에 참여하자 다들 웅웅 소리를 내며 환호했습니다. 웅웅 소리는 박수와 같은 것입니다. 융족의 손은 우리와 모양이 달라서 손뼉을 쳐 소리를 내기가 어렵습니다.

○

공화력 78년/거북력 100년 5월 15일

공화국의 영광.

고려 공화국의 시종, 저 민수련이 고려 공화국과 황혼국과 태양국 그리고 자유지의 모든 동지들에게 알립니다.

저는 공화력 78년 4월 30일, 숭웅 3세로부터 웅구라이 알집에 초대를 받았습니다. 열흘간의 여행 끝에 목적지에 도착했고 융족의 환대를 받았습니다. 이 모든 것에 진심으로 감사드립니다.

두 종족 간의 아름다운 우정과 화합의 여정이 인간 야만인들에 의해 깨진 것은 유감스럽기 짝이 없는 일입니다.

여기서 야만인은 프란시아와 이스파니아의 식민지에서 온 대륙통일단의 무리를 가리킵니다. 이들은 거북땅이 서양인의 손에 의해 하나의 나라로 통일되어야 한다고 주장합니다. 이들에 따르면 자유지의 평야는 곡물과 가축을 위해 존재하고, 사방에서 사람들이 기아로 죽어 나가는 지금, 인간들이 이곳에서 생산의 임무를 방치하는 것은 죄입니다. 황혼국과 태양국은 진정한 문명국의 어설픈 흉내에 불과하고 융족은 말하는 짐승 이상도 이하도 아닙니다.

아시다시피 대륙통일단은 몇십 년 전부터 식민지와 자유지 곳곳에서 암약하고 있었고, 황혼국과 태양국 그리고 자유지의 모든 인간과 융족이 이를 인지하고 있었습니다. 아직 수가 그리 많지 않아서 방치된 채 감시되었을 뿐입니다.

공화력 78년/거북력 100년 5월 13일 오전 4시 정각, 대륙통일단의 군대가 웅구라이 알집을 습격했습니다. 머

거북과 용과 새

릿수는 천이백 명으로 추산되며, 이들은 모두 알비온과 단마르크에서 만든 최첨단 자동화기로 무장하고 있었습니다. 이 물건들이 어떻게 들어왔건 하나 이상의 식민지가 협정을 위반한 것이 분명합니다.

야만인들의 목표는 숭웅 3세였습니다. 그들은 종전 100주년이 되는 해에 3년 전쟁 영웅의 직계 손녀를 살해해 거북땅 혁명을 더럽히고 알집의 모든 융족을 학살해 새로운 전쟁의 횃불에 불을 당기려 했습니다.

처음에는 이 기습이 성공을 거둔 것처럼 보였습니다. 폭탄으로 돌담 일부가 무너졌고 이전에 돌담을 넘어 들어온 군인들이 알집의 대문을 열었습니다. 인간들은 총질을 하며 알집 안으로 쳐들어왔습니다.

이들이 몰랐던 것은 대륙통일단의 욕망과 논리가 단순하기 짝이 없는 것이라, 융족과 자유지의 다른 인간들도 대비가 되어 있었다는 것입니다. 몇 달 전부터 알집에서는 이에 대한 훈련이 되어 있었습니다. 임산부와 아이들, 알들은 신속하게 산속 동굴에 있는 안전구역으로 옮겨졌습니다. 그리고 그 안전구역에는 오래전부터 융족과 인간 연합 부대가 대기하고 있었지요. 인간 쪽은 대부분 유키와 마이두 사람들이었지만 우리 같은 동양인과 에린 사람들도 몇 명 있었습니다. 적들이 융족에 대한 혐오로 단합한 것처럼 우리 쪽도 이상과 정의를 위해 민족과 종을 떠나 뭉칠 수 있었습니다.

아무리 대비가 되어 있고 알집의 지형지물에 대한 지식이 많다고 해도 전투는 여러모로 대륙통일단에게 유리했습니다. 일단 무기가 압도적으로 우세했지요. 그리고 융족은 이렇게 많은 인간들이 공격해 올 거라고는 예측을 하지 못했던 것 같습니다. 며칠 전 에린에서 온 부부로부터 이에 관해 들었지만 대비하기엔 너무 늦었던 것입니다.

점점 상황이 침략자에게 유리해지자 저는 전투에 참여하겠다고 나섰습니다. 몇 년 동안 책상 앞에만 앉아 있었지만 이래 봬도 4년간 몽골 해방 전선에서 싸운 적이 있으니까요. 카야는 한번 말렸지만 제 의지가 굳건한 것을 확인하자 더 고집하지는 않았습니다. 대신 저와 함께 전투에 따라나섰지요.

저희에게는 침략군에게서 빼앗은 자동화기가 주어졌습니다. 이 무기는 구조 때문에 오로지 인간만이 제대로 쓸 수 있었어요. 카야가 마당에서 싸우는 동안 전 7번 건물 꼭대기에 올라가 침략자들을 쏘아댔습니다. 저들도 건물 꼭대기를 점령하려 했지만, 돔형 구조 때문에 쉽지

거북과 용과 새

않았습니다. 지붕 밑에서 지원을 받는 소수의 저격병만이 꼭대기에 머물 수 있었지요.

전투는 여전히 우리에게 불리한 것 같았습니다. 적어도 마당에서 살아 날뛰는 건 대부분 침략자들이었습니다. 이들 중 상당수는 방탄 갑옷을 입고 있어서 총에 맞아도 쉽게 죽지 않았습니다. '이제 끝이구나'라는 생각이 들더군요.

그때였습니다. 갑자기 지진이라도 일어난 것처럼 땅이 흔들리며 회색 먼지를 일으키는 무리가 알집 안으로 들어온 것은.

용들이었습니다. 다양한 종족의 육식용들이었지요. 용들은 들어오자마자 다짜고짜 사람들을 밟고 물어뜯고 찢어발겼습니다. 침략군은 총을 쏘아댔지만, 이들의 두꺼운 가죽은 총알 절반 정도를 튕겨냈고 총에 맞은 상처도 그리 심하지 않았습니다. 몇 명은 대문을 통해 달아났는데, 밖으로 나가기가 무섭게 너무 커서 마당 안으로 들어오지 못한 다른 용들의 먹이가 되었습니다.

그제서야 저는 이 모든 게 용족과 인간 연합군의 계획이라는 것을 알았습니다. 지난 몇 년 동안 용족은 수많은 육식용 종족과 일종의 룡유 관계를 맺었던 것입니다.

이는 개나 세뿔소, 인간과 맺은 룽유 관계처럼 깊은 것은 아니었습니다. 인간과 룽유 관계를 맺을 때도 100년에 가까운 시간이 걸렸으니까요. 저 용들이 짧은 기간 동안 깊은 관계를 맺을 정도로 지력이 뛰어났을 리도 없고요. 그럼에도 불구하고 저들은 전쟁에 육식용을 동원하는 데에 성공했던 것입니다.

정오가 될 무렵 전투가 끝났습니다. 침략자는 단 한 명도 살아남지 못했습니다. 몇 명은 항복을 시도했지만, 피에 굶주린 용들에게 그 의사를 전달하는 것은 불가능했습니다. 마당엔 수많은 인간 시체 조각들이 널려 있었고 용들은 성찬을 즐겼습니다.

우리 측 전사자들은 다른 대접을 받았습니다. 하지만 그들도 먹힐 운명이었지요. 그것이 죽은 자에 대한 생존자의 예우였으니까요. 전사자 중에는 카야도 섞여 있었습니다. 융족 한 명이 저에게 그 사람의 몸에서 짜낸 피가 든 잔을 내밀었습니다. 모두가 보는 앞에서 전 그걸 삼켜야 했습니다.

저는 모레 다시 황혼국으로 돌아갑니다. 이미 연합군은 침략을 기록한 수많은 빛그림과 서류, 죽음 기록을 만들고 있고 저는 다른 융족 동료들과 함께 이들을 운송하는 임무를 맡았습니다. 이것이 전쟁의 시작인지, 전쟁으로 이어질 수 있었던 피투성이 소동인지는 모르겠습니다. 후자이길 바랄 뿐입니다.

(편지의 나머지는 고려 공화국 정부 1급 암호문으로 적혀 있다.)

○

후기 | 공화력 80년 12월 19일

어제 숭웅 3세의 전사 소식을 들었다. 융우장위의 요새에서 벌어진 마지막 전투에서 달아나는 대륙통일군 무리를 쫓다가 전사했다고 했다. 고려 역사 속 위대한 몇몇 장군과 겹치는 이야기다. 전쟁 속 영웅담은 어디에서나 비슷하다.

숭웅 3세가 전사한 다음 날, 부족 연합은 자유지 공화국의 탄생을 선언했다. 앞으로 어떻게 될지 모르겠다. 황혼국과 태양국이 새 공화국과 합쳐져 거북국이 될 거라고 생각하는 사람들도 있다. 자유지가 국가가 되면서 대규모 농업과 광산업이 허용될 거라는 소문도 들린다. 처음부터 대륙통일단이 이를 노린 것이었다는 음모론도 돈다. 숭웅 3세는 여기에 대해 얼마나 알았던 것일까. 무의미한 마지막 전투의 선두에 섰을 때 다가올 죽음을 기다리고 있었던 게 아닐까.

하여간 2년 넘게 이어지던 전쟁은 끝났다. 그리고 몽골의 어느 위대한 혁명가가 말했듯, 전쟁이란 세상 모든 것 중 가장 쉬운 것이다.

나는 고려로 돌아가지 않았다. 황혼국에 남아 전쟁 중 두 공화국을 연결하는 일을 했다. 그러는 동안 틈틈이 다양한 융족을 만났고 그동안 이들에 대한 내 지식이 얼마나 편협하고 빈약했는지 깨달았다.

나는 이제 융족의 노래를 만들고 부를 수 있다. 무엇보다 융족의 합창에 참여할 수 있게 되었다. 장군의 전사소식을 들은 웅구라이의 동지들은 나에게 숭웅 3세를 기리는 합창의 서창을 제안했다. 앞으로 수백, 수천 가지로 변형되어 불릴 이 노래는 한 달 뒤에 초연되고 축음될 예정이다.

그 노래는 이렇게 시작될 것이다. "서역에서 온 작고 이상한 인간이 위대한 전사의 후예를 만났네. 그리고 그들은 같이 여행을 떠났지."

작가의 말

듀나

2019년 작고한 고생물학자 데일 A. 러셀은 1982년에 재미있는 사고실험을 했다. 큰 뇌와 크고 앞을 향한 눈을 가진 공룡인 스테노니코사우루스Stenonychosaurus가 멸종하지 않았다면 어떻게 되었을까? 인간과 같은 지능을 가진 존재인 다이노서로이드Dinosauroid로 진화해 문명을 건설했을 수도 있지 않을까?

비슷한 생각을 1970년 〈닥터 후〉 시리즈의 작가인 맬컴 헐크Malcolm Hulke가 했다. 〈닥터 후와 실루리안〉에 처음 등장한 실루리안 종족은 고생대 실루리아기에 인간과 비슷한 모습으로 진화해 기술 문명을 건설한 파충류다. 이들은 대재난을 앞두고 동면에 들어갔다가 원자력 연구 센터의 에너지를 받고 깨어난다. 실루리안은 러셀의 것만큼 재미있는 사고실험의 대상이기도 하다. 만약 실루리안과 같은 고대 종족이 고생대나 중생대에 문명을 남겼다면 우린 그 흔적을 찾아낼 수 있을까?

다이노서로이드와 실루리안은 모두 과학적 상상력을 거친 SF적 존재이다. 하지만 그와 동시에 인류 역사 초창기부터 이어진 인간형 파충류 괴물 전통에 속하기도 한다. 안다. 공룡은 파충류가 아니다. 하지만 러셀이 상상한 다이노서로이드는 그냥 인간과 비슷한 (비판자들은 지나치게 비슷하게 생겼다고 생각한다) 파충류처럼 보인다.

1980년대 텔레비전 시리즈 〈브이〉는 SF이지만 파충류 괴물 전통에 보다 충실하다. 이 시리즈의 외계인은 다른 항성계에서 왔으면서도 뜬금없이 파충류다. 오로지 악역을 만들기 위해 지구 생물 분류법의 강綱을 선택한 것이다. 지구 지배 계급이 변장한 파충류라고 믿는 렙틸리언 음모론의 사고방식도 비슷할 것이다.

원래부터 공룡을 좋아했기 때문에 이번에 나도 인간과 비슷한 공룡을 만들어 보기로 했다. 이 설정을 위해 대체역사를 하나 만들었다. 이 세계에서는 아메리카 대륙의 공룡들이 백악기 이후에도 살아남았고 꾸준히 진화했으며 그중 일부는 다이노서로이드가 되었다. 러셀의 다이노서로이드와 다른 모양이 되도록 최선을 다했다. 아무래도 깃털이 도움이 되었다.

나는 내 다이노서로이드가 북아메리카 선주민과 힘을 합쳐 서구 침략자에 맞섰다는 역사를 짰다. 이미 누가 전에 비슷한 아이디어를 냈는지 모르겠다. 이 아이디어를 갖고 내가 이야기를 만들어도 되는지도 잘 모르겠다. 최대한 예의 바른 글로 읽히길 바란다.

화자의 고향인 고려 공화국에 대해 말할 것 같으면, 나는 가상의 조선왕이 민주적인 계몽군주에다 일편단심 연인으로 나오는 모든 이야기가 불편하다. 유사품으로는 현대에도 살아남은 대한제국 어쩌고가 있다. 가상의 왕과 제국 대신 다양한 민주제와 공화정을 상상하는 것이 세상에 더 도움이 된다고 생각한다. 그것들이 다 완벽한 유토피아일 필요는 없다. 민주제는 불완전한 사람들이 모여 사는 불완전한 세계에 최적화된 시스템이기 때문에.

애니멀 SF 앤솔러지

당신 곁의 파피용

2022년 11월 17일 1판 1쇄 인쇄
2022년 11월 25일 1판 1쇄 발행

지은이 | 듀나, 박문영, 박해울, 이신주, 전삼혜
펴낸이 | 한기호
기획·책임편집 | 염경원
편 집 | 도은숙, 정안나, 유태선, 김미향, 김현구
마케팅 | 윤수연
디자인 | 권그래픽
경영지원 | 국순근

펴낸곳 | 요다
출판등록 | 2017년 9월 5일 제2017-000238호
주소 | 04029 서울시 마포구 동교로 12안길 14 삼성빌딩 A동 2층
전화 | 02-336-5675
팩스 | 02-337-5347
이메일 | kpm@kpm21.co.kr

ISBN | 979-11-90749-46-6 (03810)